Diogenes Taschenbuch 22610

Georges Simenon

Der verlorene Sohn

Roman
Deutsch von
Magda Kurz

Diogenes

Titel der Originalausgabe:
›Le fils‹
Copyright © 1957 by Georges Simenon
Umschlagfoto von
Anselm Spring

Deutsche Erstausgabe

Alle deutschen Rechte vorbehalten
Copyright © 1993
Diogenes Verlag AG Zürich
80/93/43/1
ISBN 3 257 22610 1

Eine der Figuren dieses Romans übt den Beruf eines Präfekten aus, und ich mußte ihr notwendigerweise eine Präfektur geben. Ich habe die von La Rochelle gewählt. Selbstverständlich hat mein Präfekt keinerlei Ähnlichkeit mit dem Beamten, der diesen Posten 1928 innehatte, dem Jahr, in dem sich ein Teil meiner Geschichte abspielt; ich kenne nicht einmal seinen Namen. Auch die anderen Personen sind natürlich frei erfunden.

G. S.

I

November 1956

Lieber Sohn!

Lächelst Du über diese beiden Worte? Verrät sich in ihnen bereits meine Verlegenheit? Ich bin nicht daran gewöhnt, Dir zu schreiben. Wahrhaftig, da fällt mir plötzlich ein, daß ich Dir nicht mehr geschrieben habe, seitdem Du als Kind mit Deiner Mutter in die Ferien vorausgefahren bist und ich Dir ab und zu ein paar Briefchen geschickt habe. Ich begann meistens mit »Mein Bub«, manchmal auch mit »Mein großer Junge« und einige Male, das weiß ich noch, mit »Kleiner Mann«. Im täglichen Leben sage ich »mein Sohn« zu Dir, aber als ich diese Worte oben auf die Seite schreiben wollte, kamen sie mir gleichermaßen zu nackt und zu feierlich vor. Andererseits klingt »Lieber Sohn« für mich wie ein Testament.

Trotzdem muß ich ja irgendwie anfangen. Es ist ein wenig so wie abends, wenn ich auf Dein Zimmer komme, wo ich Dich beim Lernen über Deinen Büchern und Heften antreffe. Ich gehe auf und ab, setze mich auf den Rand Deines Bettes und hüstle, und schließlich zünde ich mir eine Zigarette an.

Was mich am meisten beschäftigt, ist, daß ich nicht

weiß, wann Du diese und die wahrscheinlich noch folgenden Seiten lesen wirst. Zuerst wollte ich ja einfach mit Dir sprechen. Ich wollte wie üblich zwischen dem Abendessen und dem Zubettgehen zu Dir kommen, mich auf Dein Bett setzen und darauf warten, daß Du wie gewohnt den Kopf hebst, ihn etwas zur Seite drehst und fragst:

»Wie geht's?«

Wir haben uns nie viel zu sagen. Genauer gesagt, wir haben nicht das Bedürfnis, uns etwas zu sagen. Oder finden wir einfach nicht die richtigen Worte? Oder ist es Zurückhaltung? Ich weiß es nicht. Vielleicht finde ich beim Schreiben an Dich die Antwort auf diese Frage, wie auch auf einige andere, die ich mir oft gestellt habe.

Wie dem auch sei, in den letzten Tagen bin ich mehrmals zu Dir aufs Zimmer gekommen, in der Absicht, mit Dir zu reden. Genauer gesagt, seit dem Morgen des 23. Oktober, an dem wir meinen Vater beerdigt haben. Ich weiß auch noch, in welchem Augenblick ich mich dazu entschlossen habe. Es war in der schlichten Kirche von Vésinet. Wir saßen nebeneinander..., in der ersten Bankreihe, rechts neben dem Katafalk, während das »Dies irae« erklang. Deine Mutter und meine Schwester saßen auf der anderen Seite des Mittelgangs, bei den Frauen. Pierre Vachet, Dein Onkel, wartete draußen auf uns.

Es war keine große Zeremonie, nur eine einfache Totenfeier, mit einem Priester, zwei Ministranten und dem Organisten, der als Vorsänger fungierte. Draußen regnete es. Wir waren hinter dem Leichenwagen her zur Kirche gegangen, und auf einmal stellte ich fest, daß Du größer bist als ich; groß und hager, in Deinem neuen dunkelgrauen, fast schwarzen Mantel. Dein Gesicht unter Deinem nach hinten geworfenen Haar, das Deine Mutter zu lang findet, war mir sehr schmal vorgekommen, die Nase dünn, der Blick merkwürdig starr.

Wir waren etwa dreißig in der kalten Kirche, in der die Schritte feuchte Flecken auf dem Steinboden hinterließen. Sechs Kerzen brannten um den Katafalk.

Wie oft warst Du in Deinem Leben überhaupt in einer Kirche? Weißt Du eigentlich, was die Riten bedeuten, die da vor unseren Augen abliefen, die Responsorien des Priesters und seiner Meßdiener?

Einige Monate zuvor waren wir unter ähnlichen Umständen zusammen in der Kirche gewesen, es war am 23. Januar – ebenfalls einem 23., das fiel mir auf –, damals beerdigten wir meine Mutter, Deine Großmutter, die Frau des Mannes, der unter dem schwarzen Tuch mit dem silbernen Kreuz lag.

Bei der Totenfeier Deiner Großmutter habe ich kaum auf Dich geachtet. Ich betrachtete Dich noch als Kind, trotz Deiner bald sechzehn Jahre.

Als ich Dich nun verstohlen ansah, entdeckte ich plötzlich einen Mann, der da neben mir ging, einen erwachsenen Menschen, der sich seine Gedanken machte, beobachtete, sich sein eigenes Urteil bildete, und dies vielleicht schon lange.

Im Trauerhaus, der alten, heruntergekommenen Villa Magali, in der keiner von unserer Familie fortan wohnen wird, das für keinen von uns mehr etwas bedeuten wird, hast Du kein Wort gesprochen, aber fortwährend um Dich geschaut, wie um Dir jedes Detail für immer einzuprägen.

Zuvor warst Du dabei, wenn in der Familie über diese Beerdigung gesprochen wurde, Du hast wortlos zugehört, ohne eine Meinung zu äußern. Ich fand Dich mißmutig, ungeduldig, als wartetest Du darauf, daß diese vielen kleinlichen, in Deinen Augen vielleicht sogar nichtigen Fragen endlich erledigt seien.

Was dachtest Du in diesen letzten Monaten, wenn ich Dich an den Sonntagen bat, ja fast anflehte:

»Komm mit mir auf einen kurzen Besuch zu Deinem Großvater. Du brauchst nicht länger als ein paar Minuten zu bleiben. Er würde sich so freuen!«

Du bist ohne Begeisterung mitgegangen. Vielleicht warst Du mir böse, weil ich Dich mitgeschleppt hatte.

Ich werfe es Dir nicht vor, mein Sohn. Ich glaube sogar, daß ich Dich verstehe. Aber es gibt ein paar Dinge, von denen ich möchte, daß Du sie weißt. Deinetwegen, meinetwegen und seinetwegen, des Mannes wegen, der unter dem Katafalk lag, dem wir anschließend, in Begleitung Deines Onkels, auf den Friedhof gefolgt sind.

Es war nicht nur Verlegenheit oder Scham, daß ich schließlich doch nicht geredet habe. Hätten wir nebeneinander gesessen, ich hätte mich sicher damit begnügt, Dich über gewisse Tatsachen aufzuklären, und wir hätten es alle beide eilig gehabt, es schnell hinter uns zu bringen.

Nun, es geht um mehr als um Tatsachen.

Gestern abend habe ich dann beschlossen, Dir zu

schreiben. Ich werde Dir diesen Brief auf den Tisch legen und nachher nicht mehr davon anfangen, nur in Deinen Augen werde ich eine Antwort suchen.

Ich bin schon nicht mehr so sicher, ob ich das so machen oder nicht lieber warten soll. Warten worauf? Nicht darauf, daß Du erwachsener bist, da kannst Du beruhigt sein, denn, noch einmal, ich habe aufgehört, Dich als ein Kind zu betrachten.

Einfach nur warten. Vielleicht auf einen günstigeren Augenblick? Wer weiß? Bis Du verheiratet und Deinerseits Familienvater bist, bis Du Deine Entscheidungen getroffen, Verantwortung übernommen hast?

Wenn es dabei bleibt, daß der Jean-Paul von sechzehn Jahren, wie ich ihn kenne, diese Zeilen lesen kann, dann kann es auch der Mann von dreißig Jahren sein oder der von vierzig oder sogar der in meinem Alter; ich bin jetzt achtundvierzig.

Angenommen, ich hinterlasse Dir diese Mitteilungen erst bei meinem Tod, so ist es denkbar, daß ich so alt sein werde wie meine Mutter, die uns mit einundachtzig Jahren verlassen hat, oder wie mein Vater, der bei seinem Tod siebenundsiebzig war.

Keine Angst, ich werde nicht rührselig. Ich bin ein Lefrançois, wie Du einer bist, wie mein Vater vor mir ein Lefrançois war und sein Vater vor ihm.

Ganz im Gegenteil, ich muß fast lächeln, ohne alle Wehmut, wenn ich versuche, Dich mir in meinem Alter vorzustellen, wie es Dich Deinerseits beschäftigen wird, was Dein Sohn wohl über Dich und seinen Großvater denkt.

Paradoxerweise ist es nicht die Vergangenheit, mit der ich beginnen möchte, obwohl es sich um die Vergangenheit handelt, sondern mit unserem jetzigen Leben, das Du so gut kennst oder zu kennen glaubst wie ich. Wenn ich dieses Bedürfnis verspüre, so vielleicht deshalb, weil mich die Gegenwart die Vergangenheit besser verstehen läßt, indem sie sie mir in einem anderen Licht zeigt.

Schwer zu sagen! – Ein Ausdruck, den ich wohl noch oft verwenden werde, wie auch das Wort »vielleicht«, denn wenn ich mich auch entschlossen habe zu schreiben, so wage ich mich doch entschieden auf ein unsicheres Gelände; ich bringe Gedanken und Gefühle zum Ausdruck, die ich sicher schon länger mit mir herumtrage, auch wenn sie mir nicht immer klar bewußt waren.

Wie soll ich es ausdrücken? Heute sind wir eine Familie, Deine Mutter, Du, meine Schwester Arlette – die wir nicht oft sehen, die aber trotzdem Deine Tante ist – und ihr Mann Vachet, Dein Onkel.

Bis vor einem halben Jahr lebten auch noch Deine Großmutter und Dein Großvater.

Das sind alle, die Du von uns, von unserer Familie kennst, und Du hast Dir Dein eigenes Bild über sie gemacht.

Meine eigene Familie war noch kleiner als Deine: Mein Vater, meine Mutter, meine Schwester; und dann gab es noch weit weg von uns Leute, die nur selten auftauchten, wie meine beiden Großväter und fünf Tanten seitens meiner Mutter, alle verheiratet.

Ich weiß nicht mehr, wann genau ich mir darüber

klarwurde, daß ich Teil eines Ganzen war, welches mich und mein späteres Leben beeinflußte.

Ich glaube, daß mir diese Erkenntnis erst spät gekommen ist, etwa im Alter von zwanzig Jahren, zu der Zeit also, in der die Ereignisse stattfanden, von denen ich Dir berichten will.

Du bist zwar erst sechzehn, doch nach dem Blick zu urteilen, den Du am Tag der Beerdigung hattest, denke ich, daß Du an dem Punkt angekommen bist, an dem ich mit zwanzig war.

Verstehst Du nun besser, warum es schwierig, wenn nicht gar bedenklich wäre, eine Unterredung mit Dir zu führen, wie es anfänglich meine Absicht war? Ich hätte Dir Fragen stellen müssen, und selbst, wenn ich sie nicht gestellt hätte, Du hättest Dich gedrängt gefühlt, meine Behauptungen zu bestätigen oder zu widerlegen.

Was hättest Du zum Beispiel gesagt, wenn ich Dich gefragt hätte: »Was denkst Du über Deinen Großvater?«

Und über uns, über Deine Mutter, über mich, über das Leben, das wir führen, über den Mann, der ich zu sein scheine, über den, der ich bin?

Diese Familie also, die ich vor nunmehr fast dreißig Jahren entdeckt habe und die die meine war, sie ist auch die Deine, die Du Deinerseits mit den Augen Deiner sechzehn Jahre entdeckst. Es ist immer dieselbe Familie, nur daß man darin immer wieder eine andere Stellung einnimmt.

Diese Familie ohne Anfang und Ende hat ihre Phasen, wie die Gezeiten oder die Planetenbahnen, ihre

Höhe- und Tiefpunkte, ihre Auf- und Abstiege, ihre glücklichen und ihre dunklen Epochen.

Und ich denke, es sind gar nicht so sehr die Geburten und die Todesfälle, die die einzelnen Etappen und Wendepunkte markieren, das, was ich die Zeiten nennen würde, in denen die Entscheidungen fallen.

Es kommt für jeden der Augenblick, wo er sich vor die Notwendigkeit gestellt sieht, sein weiteres Geschick festzulegen, den alles entscheidenden Schritt zu tun, der unwiderruflich ist.

Das geschah für mich mit zwanzig.

Ich will nicht behaupten, daß es bei Dir eher der Fall sein wird. Ich wünsche es Dir auch gar nicht. Ich hatte nur – entschuldige, daß ich mich so oft wiederhole – an jenem Morgen in der Kirche von Vésinet den Eindruck, daß Dein Leben begonnen hat oder bald beginnt.

Ich hatte es bereits während des Gesprächs mit Deinem Onkel vermutet, und ich habe versucht, aus Deinem Blick zu erraten, wem Du recht gabst, ihm oder mir.

Dein Großvater, das wurde an diesem Tag oft genug erwähnt, war das, was man zu Anfang des Jahrhunderts einen Atheisten nannte, und er gehörte der Freimaurerloge an. Ich habe noch weniger als Du eine religiöse Erziehung genossen, doch möchte ich unterstreichen, daß in meinem Elternhaus auch nicht gegen die Religion gelästert wurde.

Deine Großmutter, die in der Zeit, die ich bei ihr wohnte, nicht zur Kirche ging, wurde in ihren letzten Jahren fromm und verlangte nach einer katholischen Beerdigung.

Bereits zu diesem Zeitpunkt hat Vachet, Dein Onkel, Einspruch erhoben, weniger aus Überzeugung, da bin ich sicher, sondern weil er befürchtete, es könnte ihm politisch schaden.

Du warst nicht dabei, als er in der Villa in Vésinet Deinem Großvater Vorhaltungen machte. Man hatte noch nicht die Zeit gehabt, die Leiche herzurichten und die Kerzen anzuzünden. Meine Mutter lag auf ihrem Bett, eine Binde um das Kinn, damit der Unterkiefer nicht herunterklappte, und einen Rosenkranz in den Händen. Doch Vachet ging sofort auf Deinen Großvater los.

»Hast du den Pfarrer hereingelassen?«

Mein Vater mit seinen siebenundsiebzig Jahren bewahrte Haltung. Nur das Zittern der Lippen und der Hände verrieten sein Alter. Vachet flößte ihm anscheinend Angst ein, und er wandte sich wie hilfesuchend zu mir um.

»Meine Mutter hat nach der Letzten Ölung verlangt, und sie bekommt eine kirchliche Beerdigung«, erklärte ich und beruhigte meinen Vater durch eine Geste.

»Ist ihm klar, daß er uns lächerlich macht?«

»Er«, das war mein Vater.

»Nach dem, was die Loge für ihn getan hat...«

Vachet ist noch fast so mager wie damals, als ich und meine Schwester ihn kennenlernten. Er war leitender Angestellter in der Präfektur von Charente-Maritime, wo mein Vater Präfekt war. Doch dazu komme ich später. Vachet ist selbstsicher, oft sarkastisch, und da er es im Leben zu etwas gebracht hat und berühmt wurde, glaubt er, sich alles erlauben zu können. Wenn man ihn so erlebte in dem Haus, in dem meine Mutter erst in der Nacht zuvor gestorben war, hätte man meinen können, er sei das Oberhaupt der Familie und er allein sei verantwortlich für deren guten Ruf.

»Ihr habt mir schon genug geschadet, ihr alle miteinander, und...«

Ich komme auf diesen Vorfall nur deshalb zurück, weil er ebendiesen Satz sechs Monate später in Deiner Gegenwart wiederholt hat. Ich habe gesehen, wie Du die Stirn gerunzelt hast. Wenn nicht Vachet oder meine Schwester ohne mein Wissen mit Dir darüber gesprochen haben, konntest Du unmöglich verstehen, was gemeint war.

Wenn mein Bericht zu Ende ist, kannst Du die Sache beurteilen, über uns alle urteilen.

Mein Vater und ich ließen uns nicht beirren. Vachet hat es seiner Frau zwar nicht verboten, der Totenfeier beizuwohnen, doch blieb er selbst, für alle gut sichtbar, in seinem Auto vor der Kirche sitzen.

Das Theater wiederholte sich bei der Beerdigung Deines Großvaters, und diesmal mußte ich mich allein durchsetzen. Mein Vater hatte nie einen kirchlichen Segen gewollt. Er brachte mir gegenüber auch nie die Rede auf Religion, Philosophie oder auf seine politischen Überzeugungen, weder in den letzten Monaten seines Lebens noch überhaupt je.

Von Januar bis Oktober wohnte er allein in dem Haus in Vésinet. Eine alte Frau aus der Nachbarschaft hat ihm den Haushalt geführt, aber abends mußte sie nach Hause, um ihren kranken Mann zu pflegen.

Lag auch für Dich ein Schatten über diesen letzten

Monaten, obschon Frühling und Sommer war? Es gibt Orte, die ich immer nur in winterlich-düsteren Farben vor mir sehe, regenverhangene, verschlammte Straßen, Schaufensterscheiben, an denen das Wasser herunterläuft, schummrige Beleuchtung; andere wiederum, die für mich mit der Unbeschwertheit eines Frühlingsmorgens verbunden sind. Mit anderen Worten: Es gibt Jahre, Kapitel meines Lebens, die sich für mich auf eine finstere Trasse reduzieren, während andere die Frische einer Pastellzeichnung bewahrt haben.

Und wenn ich Dich nun fragen würde: Welche Farben hatte für Dich dieser Winter?, würdest Du dann nicht auch, wenn nicht Schwarz, so doch zumindest Grau sagen?

Es ist wohl eine Frage des Alters; wie die Tunnels, die man durchläuft. Von den wichtigen Etappen im Leben gibt es immer Zeiten, in denen man sich entdeckt, Zeiten der »Häutung«, an die man sich nachher nur ungern zurückerinnert.

Du stehst jetzt kurz vor dem Abitur. Du hast Deine Großmutter kaum gekannt, darum ist Dir ihr Tod wahrscheinlich auch nicht sehr nahegegangen, und die Pflichtbesuche nachher bei Deinem Großvater waren Dir bestimmt auch lästig.

Ich nahm Dich mit zu einem alten Herrn, für den Du nichts empfandest. Vésinet gehört einer anderen Zeit an, nicht meiner und schon gar nicht Deiner. Die Erinnerungen, die meinen Vater und mich verbanden und die wir austauschten, bedeuteten Dir nichts, nicht mehr als die baufällige Villa, von der er mit solcher Rührung sprach.

Er richtete kaum das Wort an Dich. Oft schweifte sein Blick verstohlen von mir zu Dir und dann wieder zu mir, und dieser Blick sagte:
»*Es hat sich wohl doch gelohnt...*«
Versuche nicht, es schon zu verstehen. Das kommt zu seiner Zeit. Ich mußte Dich zu diesen Besuchen mitschleppen, ich mußte Dich dazu zwingen. Im übrigen ließ ich Dich auch meistens schnell wieder laufen, baute Dir goldene Brücken, indem ich Dich fragte:
»Sag mal, bist Du nicht um fünf mit Deinen Freunden verabredet?«
Ich weiß wenig über Deine Freunde und darüber, wie Du Deine Freizeit verbringst. Das soll kein Vorwurf sein. Du hast ihm verlegen die Hand hingestreckt und Dich verabschiedet:
»Guten Abend, Großvater.«
Er sagte zu Dir, wie ich es tue, und wie er früher zu mir gesagt hatte:
»Guten Abend, Sohn.«
Die Lefrançois' umarmen sich nur selten, und als Kind habe ich morgens und abends gerade nur kurz die Wange meines Vaters mit den Lippen gestreift.
Wir haben Dir nachgeschaut. Sicher dachtest Du, wir hätten noch etwas unter vier Augen zu besprechen.
Auch nicht mehr, als wenn ich für eine Weile auf Dein Zimmer komme und mich auf Deinen Bettrand setze. Wir saßen in Gedanken versunken in dem in Halbdunkel getauchten Zimmer meines Vaters. Wir hatten es nicht nötig, laut zu denken. Nur dann, wenn unsere Gedanken weit abschweiften und an alte Wunden rührten, dann machte der eine oder andere eine

Bemerkung über ein Buch, ein Ereignis, das gerade stattgefunden hatte, über den Tod von jemandem, den wir beide gekannt hatten, oder wir sprachen über Medizin, denn in seinen letzten Jahren hat sich mein Vater viel mit Medizin beschäftigt.

Es kam zwischen uns nie die Rede auf meine Mutter, auf La Rochelle, noch auf bestimmte Leute dort, und schon gar nicht auf die Ereignisse von 1928.

Das liegt für Dich weit zurück. Du bist erst 1940 geboren, ein Jahr, das in der Geschichte eine Wende brachte.

Und dennoch ist 1928, sind die Ereignisse von La Rochelle ganz nahe, die Jahre sind so schnell vergangen seitdem, daß ich es kaum glauben kann, daß ich wirklich schon ein Mann von achtundvierzig Jahren bin, der kaum mehr Haare auf dem Kopf hat und, ob er will oder nicht, nach und nach den Platz seines Vaters einnehmen wird.

Wer weiß, vielleicht hätte auch ich einmal meine Tage in dem Backsteinhaus in Vésinet beendet, wenn nicht meine Schwester, die immer Geld braucht, darauf gedrungen hätte, es zu verkaufen.

Nur keine Angst, ich kann mir denken, was das für Bilder in Dir heraufbeschwört, so etwas wie Ergebung in das gebrechliche Alter, wie graue Resignation.

Wenn ich davon rede, mich nach Vésinet zurückzuziehen, so ist das nur so dahingesagt. Ich will damit nur andeuten, daß man auch mich eines schönen Tages besuchen wird und auch Du dann zu Deinem Sohn oder Deiner Tochter sagen wirst: »Heute nachmittag mußt du mit uns deinen Großvater besuchen gehen.«

Lächle nur! Glaub mir, ich bin weder melancholisch noch bitter!

Erst mal muß ich mit dieser Geschichte von der kirchlichen Beerdigung zu Ende kommen, die ich in Erinnerung gerufen habe, ohne genau zu wissen warum, vielleicht einfach nur, weil sie mir keine Ruhe läßt. Schon mein Großvater war nicht gläubig, auf eine heitere, lächelnde, fast möchte ich sagen gelassene Art. Er war das, was man zu seiner Zeit einen aufgeklärten Bürger nannte, und einen eifrigen Diener des Staates. War er Freimaurer? Ich weiß es nicht, und ohne Deinen Onkel Vachet wäre ich nie auf den Gedanken gekommen, mein Vater könnte Mitglied der Loge sein, in der er zuletzt sogar einen ziemlich hohen Rang bekleidete.

Pierre Vachet hat sicher recht, wenn er behauptet, daß die Loge 1928 und auch nachher mit Erfolg ihre Beziehungen zugunsten meines Vaters hat spielen lassen.

Dein Großvater hat mir gegenüber, wie gesagt, während der ganzen letzten Monate, die er einsam in Vésinet verbrachte, nie etwas über seinen letzten Willen geäußert.

Ich glaube aber, daß ich in seinem Sinne gehandelt habe, und wenn nicht, möge er mir verzeihen.

Als Du auf die Welt kamst, war er bereits einundsechzig Jahre alt und deshalb für Dich nie etwas anderes als ein ziemlich erloschener Greis und schrulliger Eigenbrötler.

Wenn ich mit Dir geredet hätte, anstatt Dir zu schreiben, so hätte es noch eine Frage gegeben, die ich Dir gestellt hätte, so ähnlich, wie Wachposten nach dem Losungswort fragen: »Hast du mit ungefähr drei oder vier Jahren Angst vor Füßen gehabt?«

Und wenn die Antwort Ja gewesen wäre, hätte ich gewußt, daß es offenbar allen Kindern so geht. Vielleicht hätte ich auch noch gefragt: »Und wie war das mit dem Geruch der Eltern?«

Was den Geruch betrifft, so bin ich ziemlich sicher, denn ich habe Dich als kleines Kind oft beobachtet. Es kam vor, daß wir, Deine Mutter und ich, länger im Bett blieben als Du, und das Dienstmädchen brachte Dich zu uns ins Schlafzimmer, wo Du zögernd an der Tür stehenbliebst.

»Kommst du nicht zu mir und gibst mir einen Kuß?« fragte Deine Mutter erstaunt.

Erst dann bist Du zu ihr gegangen und hast ihr schnell einen Kuß auf die Wange gedrückt, um gleich wieder zurückzuweichen.

»Und dein Vater?«

Du gingst um das Bett herum. Ich sehe Dich noch vor mir, und nun sehe ich auch mich selbst wieder, wie ich einst das gleiche tat. Widerstrebte es Dir auch so wie mir? War es für Dich auch eine Pflicht, eine heroische Tat, die Du vollbrachtest, um keinen Ärger zu erregen?

Ich mochte den Geruch des Bettes nicht, in dem meine Eltern lagen, den Geruch ihres Schlafzimmers am Morgen. Es hatte für mich irgend etwas Verwirrendes an sich, und darum habe ich nie darauf bestanden, daß Du mir einen Kuß gabst, wenn ich noch im Bett lag.

Tiere leben eng beisammen, Fell an Fell, im warmen

Geruch ihres Baus, doch ich frage mich, ob es nicht auch für sie ein Alter gibt, in dem der Geruch der Älteren für sie etwas Fremdes, ja geradezu ein feindlicher Geruch wird.

Mit den Füßen ist es das gleiche. Ich bewunderte meinen Vater, wenn er angekleidet war, und er war in der Tat einer der schönsten Männer, die ich je gesehen habe. Bei meiner Geburt war er erst fünfundzwanzig Jahre alt. Meine ersten Blicke fielen also auf einen jungen Mann. Warum hatte ich diesen Eindruck nicht mehr, wenn ich ihn halb nackt sah? Vor allem erinnere ich mich an seine Füße, die mir ungestalt vorkamen mit ihren vorspringenden Knochen und einem Büschel dunkler Haare am Ansatz der großen Zehen. Ihr Anblick ängstigte mich beinahe, vielleicht rief er in mir die Vorstellung irgendeiner mysteriösen Krankheit oder eines körperlichen Gebrechens wach.

Lach nicht: Ich habe es lange Zeit vermieden, Dir meine nackten Füße zu zeigen!

Wie mußte mein Vater auf Dich wirken, den Du ja erst kennengelernt hast, als er schon alt und müde war und nichts mehr vom Leben erwartete, das für ihn, wie er es einmal nannte, nur noch um eine zusätzliche Frist verlängert worden war?

Hast du Dich nie gegen den Gedanken gesträubt, daß die Familie von ihm abstammt?

Bis Du ungefähr zehn Jahre alt warst, hat er noch gearbeitet, denn Deine Großmutter konnte noch, mehr schlecht als recht, in dem Haus in Vésinet umhergehen.

Nach dem Bild, das Du von Deiner Großmutter

hast, frage ich Dich lieber erst gar nicht. Du hast sie nur als ungeheuer dicke und schwerfällige Frau gekannt, mit einem ungesunden, wächsernen Körper, aufgeschwemmten Beinen und starrem, ausdruckslosem Gesicht.

Als Du geboren wurdest, kam sie Dich nicht besuchen, denn sie konnte die Villa bereits nicht mehr verlassen. Erst einige Wochen später sind wir nach Vésinet hinausgefahren, um Dich ihr zu zeigen.

Dachtest Du, sie sei verrückt, wie Dein Onkel Vachet gern durchblicken läßt? Das ist aber nicht wahr, und ich will versuchen, es Dir zu erklären.

Euer erstes Zusammentreffen stand unter einem schlechten Stern... Da Du im März geboren bist, wurde es Ende April, bis wir mit Dir zu ihr hinausfahren konnten. Es war an einem Sonntag, die Sonne schien, und im Garten der Villa Magali blühte bereits der Flieder.

Ich habe nie begriffen, warum das Haus so düster war. Man hätte meinen können, die Fenster seien absichtlich so angebracht, daß sie möglichst wenig Licht hereinließen. Der langgezogene Salon, in dem sich meine Eltern tagsüber aufhielten, war niedrig und feucht, und im Kamin qualmte ein kleines Feuer.

Deine Mutter, Du und ich waren mit dem Zug aus Paris gekommen. Selbst der Bahnhof hatte noch etwas Fröhliches für uns gehabt. Als wir dann aber plötzlich in dieses dunkle Zimmer kamen, ließen wir gleichsam das Leben hinter uns und betraten eine andere Welt.

»Ich stelle dir deinen Enkel Jean-Paul vor«, sagte mein Vater zu meiner Mutter, die in ihrem Sessel saß.

Sie sah Dich mit ihrem starren Blick an, und kein Lächeln erhellte ihr Gesicht. Sie streckte nur die Arme aus, und da zögerte Deine Mutter und sah mich ängstlich an...

Auch ich befürchtete, die alte Frau könnte Dich fallen lassen, denn sie war ungelenk geworden. Doch ich weiß auch, daß es bei Deiner Mutter noch eine andere Regung war, die ich ein wenig teilte. Du warst noch ganz neu. Du stelltest das Leben in seiner ganzen Frische dar. Ich möchte keine großen Worte machen. Eines Tages wirst Du begreifen, was ein kleines Kind an Unschuld und Hoffnung bedeutet.

Dich in den Armen dieser Frau zu sehen, die am anderen Ende der menschlichen Existenz angekommen war und die Zeichen des Verfalls trug, kam uns beiden wie eine Entweihung vor.

Ich sollte es Dir vielleicht nicht sagen, aber mir krampfte sich die Brust zusammen, als ich sah, wie sich das Gesicht der Frau, die mich in ihrem Leib getragen und als Kind in ihren Armen gewiegt hatte, über Dein glattes, rosiges Gesicht beugte, zu Deinem noch gänzlich unberührten Mund, so als könnte ihr Atem Dich trüben.

Später, als Du schon laufen konntest, und dann, als Du als kleiner Junge sonntags manchmal in dem verwilderten Garten spieltest, hat sie sich kaum mit Dir beschäftigt, sie zuckte lediglich jedesmal, wenn Du geschrien hast, gequält zusammen, weil sie keinen Lärm mehr vertrug.

Mein Vater war vier Jahre jünger als sie, doch was sind diese paar Jahre schon für einen kleinen Jungen oder auch für einen Teenager bei so viel älteren Menschen?

Ich suche nach Bildern von Vésinet, die Dich beeindruckt haben könnten, nach Bildern, die haftenbleiben, ohne daß man weiß, warum: Deine Großmutter in ihrem Sessel am Kamin, denn so hast Du sie fast immer gesehen und Dich sicher gefragt, warum sie nicht wie die meisten alten Frauen wenigstens strickte oder nähte. Sie las auch nicht, und Radio gab es keins im Haus. Tagaus, tagein saß sie da, ohne sich zu rühren, und starrte vor sich hin, schürte im Winter auch nicht das Feuer im Kamin, legte kein Holz nach. Einmal, als Madame Perrin, die Haushälterin, nicht da war, mußte mein Vater wegen einer Besorgung kurz aus dem Haus; als er zurückkam, war ein glimmendes Holzscheit vom Rost gerollt und hatte die Dielen des Fußbodens angesengt, während Deine Großmutter teilnahmslos zusah.

Hast Du dieser Frau ihre Art übelgenommen? Wurmte es Dich, daß sie Deine Großmutter war?

Wußtest Du, daß sie in dem von Unkraut überwucherten Garten, in dem Du oft herumgetollt bist, als kleines Mädchen mit ihren Freundinnen Krocket gespielt hat? Du selbst hast mich einmal, ohne es zu wissen, daran erinnert, als Du mit einem rostigen Bogenstück aus Eisen angerannt kamst und mich gefragt hast, was das sei.

Es muß damals lustig gewesen sein in der Villa. Sie war neu, die Eltern Deiner Großmutter hatten sie gebaut, als es zum guten Ton gehörte, einen Landsitz in Vésinet zu haben.

Du hast von meinen fünf Tanten, den fünf Schwestern Deiner Großmutter, erzählen hören, doch Du hast nur eine getroffen, beim Begräbnis. Tante Sophie ist Witwe und wohnt nicht weit von uns, doch wir sehen sie nie. Die anderen sind alle gestorben. Die Schwestern Deiner Großmutter lebten alle lange im Ausland, eine in Marokko, die andere in den Vereinigten Staaten, die dritte bereiste im Schlepptau ihres Diplomatengatten die ganze Welt, die vierte verschwand spurlos. Sie hatten Kinder und Enkel, die ich nicht kenne und die Du ebenfalls nicht kennenlernen wirst.

Schon vor Deiner Geburt war Deine Großmutter wie abwesend, sie lebte in einer anderen, versunkenen Welt, bei den kleinen Mädchen im Garten.

Mein Vater wußte das und versuchte nicht mehr, sie aus ihren Tagträumen zurückzuholen. Er beschränkte sich darauf, sie mit aufopfernder Fürsorge zu umgeben.

Er war ihr Krankenpfleger geworden und konzentrierte sich ausschließlich darauf, über das Ende eines bereits erloschenen Lebens zu wachen.

Mag sein, daß er darüber ein wenig schrullig wurde. Ihr Leben, zu dem nur noch Madame Perrin Zugang hatte, war nach festgelegten Ritualen organisiert und wie von einem Schutzwall umgeben.

In den letzten Jahren kam es vor, daß mein Vater plötzlich aufstand und eine Nippesfigur an ihren Platz schob, die die Haushälterin versehentlich verrückt hatte.

Als Monsieur Lange, der Rentner im Häuschen gegenüber, vor zwei Jahren starb und ein junges Ehepaar dort einzog, wollte er sie allen Ernstes verklagen, weil sie bei offenen Fenstern das Radio laufen ließen.

Die Kinder der Nachbarschaft, die die verkehrsarme Straße zu ihrem Spielplatz erkoren hatten, waren, ohne es zu wollen, für meinen Vater und meine Mutter zur wahren Folter geworden.

Bei jedem Schrei – und sie schrien weiß Gott viel – sah mein Vater meine Mutter zusammenzucken, wie bei Dir, wenn Du sonntags laut warst. Er hat es eine Weile mitangesehen, wie sie darunter litt, dann hat er sich eines Tages den ältesten der Bande vorgeknöpft. Wie er es angestellt hat, weiß ich nicht, sicher sehr ungeschickt, denn von da an waren die beiden Alten in der Villa Magali bei den Kindern des Viertels schlecht angeschrieben.

Sie wußten nicht, daß es für diese Alten die letzten Monate ihres Lebens waren und sie sich Mühe gaben, diese so gut wie möglich zu verbringen. Auch die junge Frau von gegenüber, die das Radio den ganzen Tag laufen ließ und die man durch die offenen Fenster im roten Morgenrock ihrer Hausarbeit nachgehen sah, machte sich keine Gedanken darüber.

Die Bengel schlichen sich lautlos an wie Indianer, zogen heftig an der Klingel und stoben lachend und schreiend davon. Ein anderes Mal fand mein Vater Abfälle, ja sogar Kot in seinem Briefkasten.

Sah er vielleicht in dieser hartnäckigen Verfolgung einen Hinweis darauf, daß es an der Zeit war zu sterben?

Bis meine Mutter ganz krank wurde, arbeitete er noch unweit vom Bahnhof in Vésinet in einer Anwaltskanzlei, da er Jurist war. So konnte er noch das Gefühl haben, im Leben zu stehen.

Sein zweiter Zufluchtsort würde Dich noch mehr überraschen, wenn Du ihn früher gekannt hättest. Jeden Abend nach Büroschluß ging er ins ›Café des Colonnes‹, ein Café im alten Stil mit lederbezogenen Sitzbänken und Spiegeln an den Wänden, wo er sich mit drei Kollegen zum Bridge traf.

Wenn sich die Partie hinzog, warf er ängstliche Blicke auf die große Uhr, denn sein Leben war auf die Minute genau eingeteilt. Ob er zurück war oder nicht, um sieben ging Madame Perrin nach Hause; der Tisch war gedeckt, das Essen stand auf dem Herd.

Er trug das Essen auf, er war es auch, der abends das Geschirr spülte, und danach verblieb ihm noch eine Stunde, um seine Zeitung zu lesen.

Du willst das alles nicht mehr hören, und ich kann Dich verstehen. In Deinem Alter strebt man nach Schönheit, Reinheit und Ehre und lehnt instinktiv alles ab, was in irgendeiner Weise vom Leben verbraucht und verunstaltet ist. Die Jugend haßt das Alter, das ihr vorkommt wie ein Mißgriff der Schöpfung.

Ist es das, was ich in Deinen Augen gelesen habe? Wenn nicht Haß, so doch zumindest Verachtung und Groll, weil dieser alte Mann sich anmaßte, Dein Großvater, Dein Vorfahre zu sein, dessen Blut in Deinen Adern fließt und dem Du zwangsläufig ähnelst?

Glaub nicht, daß ich das alles schreibe, um meinen Vater zu verteidigen oder weil mir das Alter auch schon im Nacken sitzt. Du wirst es besser verstehen, wenn ich zu den dramatischen Ereignissen von 1928 komme, mit denen alles angefangen hat. Vésinet, so wie Du es gekannt hast, unser Zuhause in der Avenue Mac-Mahon und sogar Deine eigene Existenz.

Ich zögere den Augenblick hinaus, weil ich fürchte, daß mit einem bloßen Bericht die Tatsachen für Dich bedeutungslos bleiben.

In den letzten fünf Jahren, in denen meine Mutter so hinfällig war, ist mein Vater nicht mehr in die Anwaltskanzlei gegangen, er hat auch keinen Fuß mehr ins ›Café des Colonnes‹ gesetzt, sondern hat sich damit begnügt, vormittags einkaufen zu gehen und nachmittags einen kurzen Spaziergang zu machen.

Nach dem Tod meiner Mutter kam es ihm nicht einmal mehr in den Sinn, seine alten Gewohnheiten wieder aufzunehmen. Er wurde nie wieder beim Bridge gesehen. Er hat automatisch weiter seinen Stundenplan der letzten Monate eingehalten. Er war nicht krank, war es sein Leben lang nie gewesen. Er litt an keinem Gebrechen, hielt sich ebenso aufrecht wie früher, als ich noch ein Kind war, und verwandte dieselbe Sorgfalt auf seine Kleidung. Er starb eines Nachts, als er ganz allein war, und man fand ihn am anderen Morgen am Fußende des Bettes auf dem Boden. Als ich den Arzt von Vésinet fragte, woran er gestorben sei, sah er mich eine Weile schweigend an und zuckte dann nur leicht mit den Achseln.

Ich habe begriffen. Allein hatte das Leben für meinen Vater keinen Sinn mehr. Er wartete nur noch auf den Tod. Laut Madame Perrin, die ihn bis zum letzten Abend versorgt hat, starb er.

Vor Kummer.

Dennoch blieb er bis zuletzt derselbe, mit der gelassenen Miene, die so typisch für ihn war, besonders seit den Ereignissen von 1928, weil er da einen gewissen Abstand zum Leben bekam.

Hat ihn der Tod meiner Mutter milder und weicher gestimmt? Schwer zu sagen.

Jedenfalls hat er ein Kätzchen aufgenommen, das er eines Morgens im Garten gefunden hat, und ein Puppenfläschchen gekauft, um es zu ernähren. Manchmal saß er auch draußen in der Sonne, was bei ihm vorher nie vorgekommen war.

Allerdings erklärt das alles noch nicht den Kampf mit Deinem Onkel Vachet um eine kirchliche Beerdigung – Deine Tante hielt sich aus der Sache heraus, wenn sie auch bestimmt eher auf der Seite ihres Mannes war.

Soll ich Dir sagen, daß letztendlich der Geranienstock für mich den Ausschlag gab? Du weißt schon, welcher Geranienstock gemeint ist, wir haben oft genug bei Tisch darüber gesprochen. Er gehört einem alten Fräulein, das gegenüber von uns in der Avenue Mac-Mahon in dem Haus mit der strengen Steinfassade in einer Mansarde unter dem Dach wohnt. Wir wissen weiter nichts über sie, außer daß sie, wie unsere Emilie herausgefunden hat, Mademoiselle Augustine heißt.

Doch sonst – wer sie ist, woher sie kommt und warum sie ganz oben in einem Haus lebt, in dem sonst nur reiche Leute wohnen – wissen wir nichts über sie.

Im Winter kommt es manchmal vor, daß einer von uns plötzlich bei Tisch sagt:

»Sieh an! Mademoiselle Augustine hat ihre Geranie rausgestellt!«

Ihr Fenster, dessen Rechteck aus dem Schieferdach über dem Kranzgesims herausragt, ist das einzige blumengeschmückte Fenster in der Straße.

Im Sommer steht die Geranie in ihrem Topf Tag und Nacht am selben Platz, doch beim ersten Frost wird sie nachts hereingestellt, und danach sieht man sie nur noch, wenn es für ein paar Stunden wärmer ist und ein Sonnenstrahl auf das Fenster scheint.

So wurde sie in meinen Augen am Ende mehr als nur eine Pflanze, und ich habe sie mehr oder weniger bewußt mit dem Kätzchen meines Vaters in Verbindung gebracht.

Jeder hat das Bedürfnis, sich an irgend etwas zu klammern, und meine Mutter klammerte sich in ihren letzten Lebensjahren an die Religion. Als wir sie beerdigt haben, war ich beeindruckt von dem Halbdunkel in der Kirche, von der Kanzel und den lackierten Holzbänken, den brennenden Kerzen, dem Weihrauchduft, den Chorhemden der Ministranten und von den Klängen des Dies irae, die vom Deckengewölbe widerhallten. Ich wage es kaum, Dir einzugestehen, daß ich die naive Einfachheit von einigen der bemalten Gipsfiguren beruhigend fand.

Das Kätzchen, der Geranienstock, die Orgelklänge, der Weihrauchduft, die Hände, die ins Weihwasser getaucht wurden, all das ist in meinem Gedächtnis nach und nach in eins verschmolzen.

Dazu gehört auch der Blick meines Vaters in den letzten Wochen, die Angst, die durch seine gelassene

Miene hindurchschimmerte, die flüchtige, fast verschämte Frage, die er an alles zu richten schien, was er verlassen sollte.

Das Totengebet, die Orgel, das De profundis, die rituellen Handlungen des Priesters, der den Weihwasserwedel ergriff, das war das gleiche für mich wie die Geranie von Mademoiselle Augustine.

2

Es ist noch nicht lange her, da habe ich irgendwo einen Satz gelesen, der mich verblüfft hat. Ich bin sicher, daß er in einem Roman stand, doch obwohl ich nur selten einen lese, komme ich nicht darauf, welcher es war. Trotzdem habe ich versucht, mich zu erinnern, ich bin sogar die Regalreihen meiner Bibliothek durchgegangen, meiner »Rumpelkammer«, wie Deine Mutter sagt, die meine Art von Unordnung nicht ausstehen kann. Ich hätte Dir gern den genauen Text wiedergegeben, der besser war als der, den ich noch im Kopf habe: »Der wichtigste Tag im Leben eines Mannes ist der, an dem sein Vater stirbt.«

Ich möchte wetten, daß der Autor in meinem Alter war oder etwas älter, denn es gibt Gedanken, in denen Menschen desselben Alters sich wiedererkennen. Ich habe diesen eine Zeitlang in mir bewegt und glaube, daß er wahr ist. Ich glaube auch verstanden zu haben, warum der Tod des Vaters von so einschneidender Bedeutung ist: Man befindet sich von einem Tag auf den anderen in der nächsthöheren Generationsstufe, man wird seinerseits ein Vorfahre.

Vorhin, als ich gerade die letzte Zeile schrieb, bist Du hereingekommen, und Du schienst überrascht zu sein. Du hast nicht damit gerechnet, mich im Smoking in meinem Arbeitszimmer anzutreffen, während wir Gäste im Salon haben. Du bist in der Tür stehengeblieben und hast einen kurzen Blick auf meine Blätter geworfen.

»Entschuldige. Ich wußte nicht, daß du arbeitest.«

Als wollte ich mit dem Feuer spielen, habe ich geantwortet:

»Ich arbeite nicht.«

»Ich wollte nachsehen, ob hier irgendwo Zigaretten herumliegen.«

Du hattest einen Freund bei Dir. Das wußte ich, weil ich ihn vor einer Stunde in Deinem Zimmer gesehen habe, als ich auf einen Sprung bei Dir hereinschaute. Ein dunkelhäutiger Junge mit dichter Mähne und schwarzen, sanften Augen saß neben Dir vor einem Heft und ist sofort aufgesprungen.

»Mein Freund Georges Zapos«, hast Du ihn mir vorgestellt.

Ich habe gefragt:

»Sind Sie auch am Lycée Carnot?«

»Ich bereite mich mit Ihrem Sohn auf das Abitur vor«, hat er mit singender Stimme geantwortet.

Und er hat mit einem Lächeln hinzugefügt:

»Leider bin ich nicht so gut in der Schule wie er.«

Ich wußte nicht, daß Du in den Augen Deiner Kameraden ein glänzender Schüler bist. Vielleicht bist Du das. Jedenfalls sind Deine Lehrer mit Dir zufrieden. Ich weiß so wenig über Dich!

Ausgenommen die zwei oder drei Freunde, die Dich einigermaßen regelmäßig abholen oder mit Dir auf Deinem Zimmer sitzen, kenne ich die Leute nicht, mit denen Du Dich triffst. Manchmal habe ich sogar das

Gefühl, wenn einer Deiner Freunde zu Besuch kommt, daß Du ihn am liebsten an mir vorbeischleusen würdest.

Diesen Georges Zapos fand ich erstaunlich, nicht nur wegen seines Namens, sondern wegen seines Charmes, seiner Liebenswürdigkeit, wie ich es nennen würde, wenn das Wort nicht so abgenutzt wäre.

Ich möchte wetten, daß es Dir peinlich war, daß er mich im Smoking sah, da es Dich in den Ruf bringen konnte, aus einer bürgerlichen oder mondänen Familie zu stammen. Dieser Zapos fand es aber ganz natürlich. Er hat lediglich erklärt, warum er hier ist.

»Entschuldigen Sie, daß ich einfach bei Ihnen geläutet habe. Als ich mich heute abend an die Algebra machen wollte, habe ich den Zettel nicht mehr gefunden, auf dem ich die Aufgaben notiert hatte.«

Er lächelte, nicht nur mit den Augen und dem Mund, sondern mit dem ganzen Gesicht.

»Zufällig wohnt Jean-Paul von meinen Mitschülern am nächsten.«

»Wohnen Sie hier im Viertel?«

Aus seinem Lächeln wurde fast ein Lachen.

»Ich wohne im Haus nebenan.«

Warum hat das in meinem Kopf etwas wie ein Signal ausgelöst? Schon als ich ihn sah, war mir etwas an ihm irgendwie vertraut vorgekommen.

Um Dich mit meiner Anwesenheit nicht auf die Folter zu spannen, sagte ich nur:

»Arbeitet ruhig weiter.«

Ich kehrte in den Salon zurück, wo Deine Mutter die Liköre servierte. Du erscheinst nur sehr selten auf unseren Abendgesellschaften, und wenn Deine Mutter darauf besteht, kommst Du kurz guten Tag sagen und schlingst dann schnell etwas in der Küche herunter. Zu Deinem sechzehnten Geburtstag wollte ich Dir einen Smoking schenken. Ich habe, glaube ich, gesagt:

»Ein Mann, der nicht früh anfängt, sich gut zu kleiden, wird im Abendanzug immer linkisch wirken.«

Du hast erwidert, daß das noch Zeit hat, daß Du es nicht möchtest, und im Grunde kann ich Dich verstehen, denn ich mag unsere Abendgesellschaften auch nicht.

Doch Deine Mutter legt nun einmal Wert darauf. Zwar ist ihr Bedürfnis, auszugehen und Einladungen zu geben, zum Teil Eitelkeit, doch sie ist einfach auch unfähig stillzusitzen. Gewiß bevorzugt sie Leute, die auf irgendeinem Gebiet einen Namen haben. Doch oft zieht sie sich auch an Abenden, an denen nichts los ist, plötzlich an und flüchtet ins nächstbeste Kino.

Heute sind die Tremblays da, außerdem Mildred und Peter Hogan, die uns nach amerikanischer Sitte beim Vornamen nennen, schließlich der unvermeidliche Abgeordnete Lanier mit seiner Frau und seiner Tochter Mireille.

Als ich in den Salon zurückkam, fragte mich Deine Mutter, sicher wegen Mireille:

»Ist Jean-Paul da?«

»Ein Freund ist bei ihm, sie arbeiten zusammen. Sie sind ganz vertieft in ihre Algebra.«

Béatrice Lanier ist zur Zeit die beste Freundin Deiner Mutter. Ihr Mann, der Anwalt Lanier, ist bei den letzten Wahlen zum Abgeordneten gewählt worden, und ihre Tochter Mireille schwärmt anscheinend ausschließlich von Dir, während Du ihr aus dem Wege gehst.

In solchen Momenten meine ich immer, die Leute glauben, daß ich lüge, und dann fühle ich mich gedrängt, Einzelheiten zu liefern.

»Ich wußte nicht«, fuhr ich fort, »daß Jean-Paul einen Freund im Nachbarhaus hat, einen sehr sympathischen Jungen. Er heißt Georges Zapos.«

Lanier und seine Frau haben amüsierte Blicke getauscht.

»Kennst du ihn, Alice?« hat Béatrice Deine Mutter gefragt.

»Ich höre das erste Mal von ihm. Ich weiß nicht, ob die Mädchen von heute auch so sind, aber Jean-Paul erzählt uns fast nichts über seine persönlichen Angelegenheiten.«

»Auf jeden Fall hast du seine Mutter schon oft gesehen. Es ist...«

Sie nannte den Namen einer der berühmtesten Schauspielerinnen von Paris.

Eben vorhin, als Du mich unterbrochen hast, weil Du in meinem Büro nach Zigaretten suchtest, habe ich Dich wie nebenbei gefragt:

»Weißt du, wer seine Mutter ist?«

Und Du, als wäre es das Natürlichste von der Welt: »Klar.«

Es kommt Dir ganz selbstverständlich vor, und doch lebt Dein Freund ein sehr ungewöhnliches Leben. Du kennst wahrscheinlich den Rahmen und mehr nicht.

Millionen von Menschen in aller Welt kennen das

Gesicht seiner Mutter, bewundern sie als Frau ebenso wie als Schauspielerin. Auch ich habe sie hin und wieder auf den Champs-Elysées gesehen, in einen Nerz gehüllt, der an ihr ganz anders aussah als an anderen Frauen; alle drehten sich nach ihr um, und die jungen Leute stürzten auf sie zu, um sich von ihr auf irgendeinem Fetzen Papier ein Autogramm geben zu lassen. Sie strahlt so viel Weiblichkeit aus, daß sich selbst auf der Straße alle nach ihr umdrehen, ich natürlich auch.

Wie ist es wohl, eine Frau wie sie zur Mutter zu haben? Ich war, wie gesagt, frappiert, als ich vorhin Deinen Freund sah, er erinnerte mich an jemanden, und zwar nicht so sehr äußerlich, sondern mehr in der Art. Auch sie hat dieses herzliche, bezaubernde Lächeln, das auf alle so besänftigend wirkt. Mir scheint, sie haben auch den gleichen Tonfall beim Sprechen.

Seine Mutter nennt sich nicht Zapos und hat sich auch nie so genannt, das wissen alle, denn die Leute wollen ja immer alles über ihre Idole wissen. Früher einmal war sie verheiratet gewesen, doch das ist schon lange her. Sie hat sich scheiden lassen, als ihr Sohn vier oder fünf Jahre alt war.

Zapos lebt noch und hält sich abwechselnd in Griechenland, Panama und den Vereinigten Staaten auf, denn er hat überall in der Welt Geschäfte laufen. Auch er ist eine legendäre Persönlichkeit, über deren Tun und Lassen viel gesprochen wird.

Seinen Sohn sieht er einmal im Jahr ein paar Wochen in Vichy, wo er sich zur Kur aufhält.

Schreibt er ihm in der Zwischenzeit, oder erfährt Dein Freund nur aus den Zeitungen, die ausführlich über seine Yacht, seine Rennpferde, seine Autos und seine Liebschaften berichten, etwas über ihn?

Drüben im Salon haben sie über eine Stunde von ihm geredet, und vielleicht sind sie noch dabei. Anfangs hat Dr. Tremblays Frau vielsagend gehüstelt und zu Mireille Lanier hinübergeblickt. Madame Lanier hat begriffen und eilig erklärt:

»Oh, man kann vor Mireille ruhig darüber reden! Ich nehme an, daß sie mehr weiß als wir.«

Ich habe unauffällig das Zimmer verlassen, wie ich das oft tue. Unsere Freunde sind daran gewöhnt. Deine Mutter wird gesagt haben: »Immer die Arbeit!«

Sie weiß, daß ich ein Mensch bin, der seine Ruhe braucht. Ich habe nichts gegen andere Leute, schon gar nichts gegen unsere Gäste, und ich habe auch nichts dagegen, mit ihnen zusammen zu sein. Doch nach einer gewissen Zeit werde ich unruhig und muß mich zurückziehen.

Ich hatte gar nicht die Absicht, über Georges Zapos zu schreiben, daher habe ich auch mit dem Zitat über den ›Tod des Vaters‹ begonnen. Doch nachdem Du mich unterbrochen hattest, geriet mein Denken in andere Bahnen. So anders sind diese Bahnen allerdings gar nicht. Auch Elie Zapos ist ein Vater. Für ihn und mich stellen sich dieselben Fragen, wie auch dereinst für seinen Sohn Georges und für Dich.

Ich habe von dunklen und von hellen Jahren gesprochen, von düsteren und von lichterfüllten Erinnerungen. Von welcher Art werden die Deines Freundes sein? Letztlich kann nur er allein es sagen, denn nur er allein sieht das Leben mit seinen Augen an.

Ich versuche, uns, mich, mit Deinen Augen zu sehen, bevor ich in die Vergangenheit zurücktauche, wovor ich mich fürchte und was ich immer wieder hinauszögere. Heute geht es sowieso nicht mehr, denn vor meiner Tür höre ich Stimmen. Das bedeutet, daß unsere Gäste aufbrechen und Deine Mutter mich holen kommt.

Gute Nacht.

Irgendwann hat Dich sicher in der Schule, als Du sieben oder acht Jahre alt warst, ein Kamerad gefragt:

»Was macht dein Vater?«

Für die Leute unserer näheren Umgebung, für Deine Mitschüler, die Lieferanten, die Nachbarn, sind wir wenn nicht reich, so doch sehr wohlhabend. Wir leben in einem der schönsten Viertel von Paris, ein paar hundert Meter vom Arc de Triomphe entfernt. Direkt uns gegenüber wohnte lange Zeit ein Regierungschef, dessen Name bereits in die Geschichtsbücher eingegangen ist. Wenn man im Telefonbuch unter den Straßen nachschaut, findet man in der Avenue Mac-Mahon gut zwei Dutzend bekannte Namen, Verwaltungsräte, ausländische Diplomaten und so weiter nicht mitgerechnet.

Die Häuser haben Patina, was ihnen eine gewisse Vornehmheit verleiht, auf jeden Fall wirken sie stattlich und solide, sind geräumig und komfortabel, und die Haustüren sind frisch gestrichen, die Messingtürklopfer glänzen. Die Conciergelogen sind keine dunklen Löcher, sondern richtiggehende Empfangsräume, die einen an die Wartezimmer von Ärzten oder Zahnärzten erinnern. Die Aufzüge funktionieren lautlos, die Läufer auf den Treppen sind dunkelrot und weich.

Wir haben ein Dienstmädchen, Emilie, die bereits seit fünf Jahren bei uns ist, und eine Putzfrau, deren Mann in der Nationalgarde dient.

Auf der Straße stehen Autos, die luxuriöser sind als unseres, es ist aber auch sehr gut und fast neu.

Und Deine Mutter hat seit zwei Jahren ihren Nerzmantel, neben dem Biber, den ich ihr am Anfang unserer Ehe gekauft habe.

Dazu verbringen wir unsere Sommerferien in Arcachon und fahren fast jeden Winter über Weihnachten nach Megève oder in die Schweiz zum Skifahren.

Deine jetzigen Kameraden am Lycée Carnot gehören zum größten Teil der gleichen Gesellschaftsschicht an wie wir, so daß Du Dich unter ihnen nicht fremd fühlen mußt.

»Was macht dein Vater?« hat man Dich also gefragt.

Du hast Dich mit dieser Frage – ich kann es nicht mit Sicherheit sagen, aber ich wette, daß es so war – wahrscheinlich ein paar Tage lang herumgeschlagen. Und als Du sie mir schließlich eines Abends bei Tisch stelltest, hast Du Dich anders ausgedrückt:

»Womit verdienst du dein Geld?«

Du hast mich morgens weggehen sehen, eine Aktentasche unterm Arm, und mittags und abends kam ich wieder nach Hause. Nach dem Essen zog ich mich meistens in mein Arbeitszimmer zurück. Wenn du allzu laut warst, hat Deine Mutter zu Dir gesagt:

»Psst! Dein Vater arbeitet.«

Und wenn ich beim Essen ungeduldig wurde, erklärte sie:

»Dein Vater ist müde.«

Ich entsinne mich, daß ich auf Deine Frage lächelnd geantwortet habe:

»Ich verdiene mein Geld wie alle Leute damit, daß ich meinen Beruf ausübe.«

»Welchen Beruf?«

»Ich bin Versicherungsmathematiker.«

Ich sah Dich die Stirn runzeln, ein Ausdruck von Mißmut oder Mißtrauen ging über Dein Gesicht. Das ist mir auch mit anderen Leuten schon so gegangen, die keine achtjährigen Kinder mehr waren. Unter den Schülern im Gymnasium sind Söhne von Ärzten, Anwälten, Notaren, Bankdirektoren oder -vizedirektoren, Beamten. Sie sind mehr oder weniger wohlhabend, manche auch ärmer, aber es gibt keine Kinder von Versicherungsfachleuten.

»Was machst du in deinem Büro? Ist es ein großes Büro?«

Es war Sommer, und im Eßzimmer standen beide Fenster offen. Die Geranie von Mademoiselle Augustine stand an ihrem Platz über dem Dachgesims. Deine Fragen belustigten mich, und ich antwortete Dir heiter. Eigentlich war ich glücklich, ja beinahe geschmeichelt, daß Du begonnen hattest, Dich mit mir zu befassen.

»Das Büro, in dem ich arbeite, liegt in einem der größten und stattlichsten Häuser von Paris, in der Rue Laffitte, einer Straße, in der täglich mehr Millionen, ja Milliarden umgesetzt werden als in jeder anderen Straße der Stadt. Es handelt sich um eine so mächtige und bekannte Versicherung, daß man nur ihre Initialen zu nennen braucht, und schon ist klar, welche gemeint ist.«

Ich habe das ohne Ironie gesagt, wirklich, sogar mit einem gewissen Stolz. Für den sechzehnjährigen Jungen, der Du heute bist, ist es vielleicht lächerlich, wenn man stolz darauf ist, einer Versicherung anzugehören, die mit den Großbanken auf gleicher Ebene verhandelt.

Du warst noch nicht zufrieden.

»Sitzt du hinter einem Schalter?«

»Nein.«

»Schreibst du den ganzen Tag? Machst du Rechnungen?«

»So was Ähnliches. Ich mache Wahrscheinlichkeitsrechnungen.«

»Du kannst das nicht verstehen«, unterbrach Dich Deine Mutter, »iß.«

»Ich esse ja.«

Ich habe Dir trotzdem eine Erklärung geliefert, eine sehr vereinfachende natürlich, die Dich anscheinend zufriedengestellt hat. Am Donnerstag darauf habe ich Dich nachmittags in die Rue Laffitte mitgenommen, und Du warst schon am Eingang beeindruckt von der monumentalen Bronzetür und der Halle aus schwarzem Marmor.

»Sind das Polizisten?« hast Du gefragt und auf die beiden Wachleute in Uniform gezeigt, die mich grüßten.

»Nein. Das sind Wachleute.«

»Warum haben Sie dann einen Revolver am Gürtel?«

Der Portier grüßte mich mit Namen.

»Warum hat er eine Kette um den Hals?«

Es war eine der schönsten Stunden, die ich mit Dir verbracht habe. Ich freute mich, Dir den Aufzug zeigen zu können, der zwanzig Leute befördern kann, die breiten und stillen Gänge, die numerierten Mahagonitüren, und Dich in der dritten Etage dieses gut organisierten Bienenstocks schließlich in mein Büro zu führen, auf dessen Tür Du den Hinweis gelesen hast: »Eintritt verboten.«

»Warum darf man nicht hinein?«

»Weil der Versicherungsmathematiker oder Aktuar mit den Kunden nichts zu tun hat und weil er nicht gestört werden darf.«

»Warum?«

»Weil seine Arbeit sehr schwierig und weil sie vertraulich ist.«

Du hast also den großen hellen Raum gesehen, den riesigen Schreibtisch mit den drei Telefonen, die mir weitere Warums eingebracht haben, den Safe, das Büro meiner beiden Sekretäre und das meiner Assistenten mit den vielen Aktenschränken an den Wänden.

»Was ist das für eine große Maschine?«

»Eine Maschine für Statistiken.«

Seither bist Du noch zwei- oder dreimal in meinem Büro vorbeigekommen, um mir eine Botschaft von Deiner Mutter zu überbringen oder weil wir uns dort verabredet hatten. Das letzte Mal war es vor ungefähr zwei Monaten um sechs Uhr abends gewesen, damit ich Dich zum Schneider begleite.

Seit Deinem siebten oder achten Lebensjahr ist es Dir nie wieder eingefallen, mich über meine Beschäftigung auszufragen. Hältst Du Dich an die vereinfachten Erklärungen von einst? Hast Du im Gymnasium oder sonst irgendwo erfahren, was das Aufgabengebiet eines Versicherungsmathematikers ist? Ich bin eher versucht anzunehmen, daß es Dich einfach nicht interessiert.

Du hast mich ein für allemal eingeordnet. Ich bin ein gut, wenn auch konventionell gekleideter Herr, für seine achtundvierzig Jahre ganz gut erhalten, der zwischen dem unteren Ende und der Spitze der Leiter eine recht respektable Stellung einnimmt. Ich bin kein Angestellter im eigentlichen Sinne wie die Leute, die Du im Erdgeschoß gesehen hast, und auch kein richtiger Chef wie diejenigen, deren Büros im ersten Stock einen Vorraum haben, in dem ein Beamter mit einer Silberkette Wache hält. Es ist nichts an mir, was Dir Bewunderung, und nichts, was Dir Mitleid abnötigen könnte.

Wenn ich davon ausgehe, was ich in Deinem Alter über einen Mann, wie ich es heute bin, gedacht hätte, so bin ich wohl in Deinen Augen ein seriöser Mann ohne große Talente und ohne Ehrgeiz, der sich mit einer bequemen und einförmigen Existenz zufriedengibt und Risiken und Abenteuer scheut.

Vielleicht sagst Du Dir auch, daß ein Mann von achtundvierzig Jahren nicht mehr viel Wünsche hat und sie durch Marotten ersetzt.

Was sind Deine Ambitionen? Hast Du überhaupt welche? Hast Du Dich schon mal gefragt, was Du in zehn, in zwanzig Jahren sein möchtest? Ich habe Dir derartige Fragen nie gestellt, weil ich selbst früher auf sie keine Antwort gewußt hätte. Selbst wenn ich eine genaue Vorstellung von der Zukunft gehabt hätte, die ich mir wünschte, hätte mich ein Schamgefühl davon abgehalten, darüber zu sprechen.

Andere haben Dich gefragt. Erwachsene können es meist nicht lassen, die Kinder von Freunden oder Bekannten zu fragen:

»Und was möchten Sie einmal werden, junger Mann?«

Deine Mutter war jedesmal verärgert, nicht über die Frage, sondern über Deine Antwort:

»*Ich weiß es noch nicht.*«

»Die meisten Jungen in seinem Alter sagen das«, lautet die Standardentschuldigung Deiner Mutter. »Sie wissen gar nichts. Sie beschäftigen sich nicht mit der Zukunft, sie wollen nur so wenig wie möglich arbeiten und ins Kino gehen.«

Du protestierst nicht. Spürst Du in diesen Momenten, daß ich auf Deiner Seite stehe und daß ich an den vielbeklagten Konflikt nicht glaube?

In Deinem Alter habe ich mit etwas tonloser Stimme, denn ich war schüchtern, geantwortet:

»Ich werde Jura studieren.«

Nicht weil ich Lust dazu gehabt hätte, sondern weil ich wußte, daß es meinem Vater gefiel. Dabei war ich fest entschlossen, eine Möglichkeit zu finden, niemals Anwalt oder Staatsbeamter zu werden.

Ich wußte noch nicht, was ich machen würde, doch wollte ich einen Beruf, in dem ich so wenig wie möglich in Kontakt mit anderen Leuten kam. Am liebsten wäre ich Gelehrter geworden. Ich gebe allerdings zu, daß dieser Begriff in meinem Denken etwas nebulös war und in erster Linie bedeutete, daß man fern von der Menge, auf einer anderen Ebene lebte, in einem Labor oder in der friedlichen Atmosphäre eines Studierzimmers.

Ich habe es annähernd erreicht, auf Umwegen zwar, eigentlich eher durch Zufall, denn die Arbeit des Aktuars ist eine Art Wissenschaft, wenn auch keine vollwertige.

Ich schreibe das alles nicht aus Eitelkeit, das kannst Du mir glauben, aber doch mit einer gewissen Befriedigung, denn die Worte »Zutritt verboten«, die Du auf meiner Tür gelesen hast, vermitteln nur eine schwache Vorstellung von der Tragweite meiner Rolle in dem riesigen Gebäude in der Rue Laffitte.

Sicher, die Büros im ersten Stock, ungeheuer groß und luxuriös ausgestattet wie die Büros von Ministern, mit Marmorstatuen und alten Wandteppichen geschmückt, haben in den Augen des normal Sterblichen mehr Prestige als das meine, und die Verwaltungsräte, die Direktoren, der ganze Führungsstab des Hauses hat nach außen ein gewichtiges Aussehen, das mir abgeht.

Weißt Du, daß dennoch der Fortbestand des ganzen Hauses von meinem Büro abhängt?

Das ist es jedoch nicht, worauf ich hinauswill. Was ich sagen möchte, ist, daß die einzig wirklich aufregende Arbeit in meinem Büro geleistet wird. Kein Geld geht durch meine Hände, ich verkaufe keine Versicherungspolicen, ich regiere nicht über eine Armee von Inspektoren und Agenten.

Meine Aufgabe ist es, so wissenschaftlich wie möglich die Risiken einzuschätzen, ob es nun um Menschenleben, Brände, Schiffbrüche, Naturkatastrophen oder Arbeitsunfälle geht.

Von meinen Berechnungen hängt die Höhe der Prämie ab, die unsere Kunden zahlen, und folglich Gewinn und Verlust der Gesellschaft.

Daher also bei mir im Büro nebenan die eindrucksvolle Statistikmaschine, die Du gesehen hast und die seit kurzem durch das ersetzt worden ist, was man ein elektronisches Gehirn nennt.

Langweilt es Dich, daß ich über meinen Beruf Überlegungen anstelle, die für Dich wahrscheinlich eine alte Leier sind?

Eben habe ich davon gesprochen, daß ich mit sechzehn Jahren Angst vor Menschenansammlungen hatte – oder Angst vor der Menge und vor Menschen –, und ich habe von einem Labor gesprochen.

Nun, mein Büro ist so eine Art Labor, in dem es indirekt um Leben geht, um menschliches Material, wie bei einem Biologen. Die Wahrscheinlichkeitsrechnung ist eine Wissenschaft, und angewandt auf Einzelindividuen wird sie sogar zur Kunst.

Ich hatte mir immer vorgenommen, Dir eines Tages davon zu erzählen, mit demselben Stolz, mit dem ich Dir damals mein Büro gezeigt habe.

Weißt Du zum Beispiel, daß es keine medizinische Entdeckung gibt, die nicht unsere Berechnungen in Frage stellt? Daß selbst Änderungen in den Gebräuchen, den Sitten, den Eß- und Trinkgewohnheiten uns dazu zwingen, unsere Tabellen zu revidieren? Daß ein besonders milder oder kalter Winter für unser Haus Differenzen von Hunderten von Millionen darstellt?

Ganz zu schweigen von der ständig wachsenden Zahl der Autos, die über die Straßen rollen, und immer komplizierteren elektrischen Küchenmaschinen.

Es ist ein wenig so, als würden alle, die sich außerhalb meines Büros, unter meinen Fenstern und anderswo tummeln, mein Büro passieren und im elektronischen Gehirn zu Zahlen werden.

Mit sechzehn ist man für diese Art Poesie wohl kaum empfänglich. Für Dich werde ich ein Mann bleiben, der den leichtesten Weg gewählt hat. Und am Ende hast Du vielleicht sogar recht.

Möglicherweise denkst Du sogar, ich hätte nicht den Mut, mein Leben wirklich zu leben, nachdem ich mich fast jeden Abend in meiner »Rumpelkammer« einschließe. Ich gehe wenig aus. Menschen aus Fleisch und Blut machen mir keinen Spaß und ermüden mich. Vielmehr ist es die Anstrengung, vor ihnen eine gute Figur zu machen, die mich ermüdet, was erklärt, warum ich mich bei unseren Einladungen nach einiger Zeit in mein Arbeitszimmer zurückziehe.

Alle gehen davon aus, daß ich dort arbeite, man hält mich für ein Arbeitstier. Das stimmt nicht. Wenn auch Akten vor mir auf dem Tisch liegen, so bin ich doch meistens damit beschäftigt, heimlich ein Buch zu lesen, fast immer Memoiren – schon wieder der Abgeklärte! –, und es kommt auch vor, daß ich gar nichts tue.

Obwohl ich Dich jahrelang beobachtet habe, habe ich nie herausgefunden, ob Du mit Deiner Mutter zufriedener bist als mit mir, das heißt, ob sie Deiner Vorstellung von einer Mutter entspricht.

Sie ist zugleich zärtlicher und strenger mit Dir als ich,

und sie macht sich aus anderen Gründen Sorgen um Dich.

Ihrem Benehmen nach zu urteilen, stellt sie sich keine Fragen und hat eine klare Vorstellung von Dir, nicht nur von dem Jungen, der Du heute bist, sondern auch von dem Mann, der Du später sein wirst, sein *mußt*. Ich bin sogar sicher, daß sie weiß, was für eine Frau Du brauchst, und daß ihr Mireille, deren Vater eines Tages Minister sein wird, vielleicht auch Ministerpräsident, als Schwiegertochter nicht unwillkommen wäre.

Ich will nicht gegen Deine Mutter vom Leder ziehen, das ist Dir hoffentlich klar. Du bist groß genug und beobachtest genau genug, um gemerkt zu haben, daß wir nicht das sind, was man ein glückliches Paar nennt. Wir sind auch nicht unglücklich, doch unsere Ehe ist nicht das, was sie nach landläufiger Meinung sein sollte.

Wir haben uns selten in Deiner Gegenwart gestritten, und inzwischen sind wir soweit, daß wir uns überhaupt nicht mehr streiten, sondern einander aus dem Weg gehen.

Das alles ist nicht bewußt oder gewollt von heute auf morgen so gekommen, sondern so nach und nach, und ich meine, daß es einige Wochen oder Monate nach unserer Heirat schon angefangen hat, so daß wir Dir nie das Bild eines richtigen Paares geboten haben.

Ich nehme es Deiner Mutter nicht übel. Der Fehler liegt bei mir, denn *ich* habe mich getäuscht, sowohl in mir wie in ihr.

Ist es nicht noch zu früh, Dir von alledem zu berichten, gehe ich nicht zu schnell vor beim Zurücktauchen in die Vergangenheit?

Diese Seiten sollen keinen geordneten Bericht darstellen. Zum einen wäre ich dazu gar nicht fähig, zum anderen käme ich in Gefahr, unsere Geschichte auf eine trockene und lineare Art aufzurollen, und da könnte ich schon im voraus sicher sein, daß Du mich falsch verstehen würdest.

Ich habe bei Deinem Großvater begonnen, weil mir bei seiner Beerdigung der Gedanke gekommen ist, mit Dir zu sprechen oder Dir zu schreiben. Auch ist er der Eckstein dieses provisorischen Gebäudes, das unsere Familie darstellt, und außerdem ist er im Drama Lefrançois die Hauptperson.

Deine Mutter, die ich 1928 noch nicht kannte, ist erst viel später aufgetaucht, 1939, als alles längst vorbei und die Geschicke entschieden waren.

Wir waren beide kein unbeschriebenes Blatt mehr, waren beide einunddreißig und hatten eine Vergangenheit.

Sie hat mir ihre gebeichtet, und ich habe ihr meinerseits nichts von der Tragödie in La Rochelle verheimlicht.

Wenn ich mit Dir über alles gesprochen hätte, statt zu schreiben, und wenn ich nicht mehr oder weniger entschlossen wäre, Dir diese Blätter erst in einigen Jahren zu übergeben, würde ich über gewisse Einzelheiten stillschweigend hinweggehen. Im übrigen bin ich überzeugt, daß das falsch wäre.

Was ich Dir über sie erzählen werde, wird Deine Liebe zu ihr nicht schmälern, im Gegenteil. Nur ich riskiere etwas dabei, wenn ich ein volles Geständnis ablege.

Ein Ereignis ohne allzu große Bedeutung hat mich noch einmal von meinem Bericht abgebracht, und ich erwähne es heute abend, weil es Deine Mutter betrifft, mit der Du Dich gerade gestritten hast. Ist es nicht ein eigenartiger Zufall? Die letzten Zeilen hatte ich am Freitag geschrieben, bevor ich schlafen ging. Gestern, am Samstag, sind wir ins Theater gegangen, ohne Dich, denn Du wolltest bisher kaum je mitkommen, so daß wir es Dir schon gar nicht mehr vorschlagen. Du bist zu einer »Fete« gegangen, wie Du es nennst, ein Wort, das Deine Mutter auf die Palme bringt, das aber im Grunde auch nicht alberner ist als das Wort »Party«, das die Erwachsenen gebrauchen.

Heute, am Sonntag, war für November ein außergewöhnliches Wetter, eher Januarwetter, sehr kalt, mit Temperaturen um null Grad und einer gleißenden Sonne, so daß Mademoiselle Augustine gegen Mittag für eine Weile ihre Geranie ans Fenster stellte, wie man es mit einem Kranken oder Genesenden macht.

Deine Mutter ist sonntags immer nervöser als sonst, denn an diesem Tag sind die Leute nicht dort, wo sie sonst sind, was sie dazu zwingt, ihren Tatendrang zu zügeln. Madame Jules, die Putzfrau – Jules ist ihr Familienname –, kommt nicht, und Emilie, die an sich nicht religiös ist, macht dennoch von ihrem Recht Gebrauch, zur Messe zu gehen. Im übrigen ist sie, wie um ihre Rechte zu unterstreichen, den ganzen Tag geschminkt wie an den Abenden, an denen sie Ausgang hat, und ihr ebenso ordinäres wie aufdringliches Parfüm verpestet die Wohnung.

Die Frage ist am Morgen oder schon am Samstagabend, was wir am Sonntagnachmittag tun sollen, denn allein zu Hause bleiben geht nicht, die Straßen sind verstopft, vor den Theatern stehen die Leute Schlange, die Geschäfte sind geschlossen, die Freunde, die zu dieser Jahreszeit auf die Jagd gehen oder ein Landhaus in der Umgebung haben, sind nicht erreichbar.

Deine Mutter hat also ein paar Leute angerufen, und am Ende konnte sie nur noch auf die Tremblays zurückgreifen. Du kennst sie. Tremblay, obschon kaum älter als ich, sieht, finde ich, mit seinem Bauch schon aus wie ein Fünfundfünfzigjähriger, zumal er kaum Wert auf sein Äußeres legt. Seine um ein paar Jahre jüngere Frau ist ziemlich rundlich, und oft hört man über das Paar sagen:

»Sie denken nur ans Essen.«

Vielleicht findest Du sie beide lächerlich, wie sie mit Feinschmeckermiene übers Essen reden, vor allem sie mit ihrer durchdringenden Stimme. Seit ihr Haar grau ist, färbt sie es flammend rot. Statt zu lachen, stößt sie immer ein eigenartiges Glucksen aus.

Weißt Du, daß es auch in ihrem Leben ein Drama gibt, daß sie kurz hintereinander vier Kinder verloren haben, weil ihre Blutgruppen miteinander nicht verträglich sind?

Sie konnten an diesem Nachmittag nicht zu uns kommen, denn Dr. Tremblay hatte Bereitschaftsdienst, und so haben sie gleich vorgeschlagen, daß wir gut nachbarlich und ganz zwanglos zu ihnen in die Avenue de Termes zum Bridgespielen kommen könnten. Ihr Salon dient unter der Woche als Wartezimmer für die Patienten, und wie immer bei Ärzten liegen dort stapelweise Zeitschriften und Magazine auf.

An diesem Vormittag habe ich nichts geschrieben. Ich hatte nämlich tatsächlich etwas nachzuarbeiten. Gegen elf Uhr erreichte ein Sonnenstrahl die Ecke meines Schreibtischs und erinnerte mich an das, was ich Dir über die hellen und dunklen Zeiten des Lebens gesagt habe.

Gerade als wir uns zu Tisch setzten, klingelte das Telefon. Deine Mutter nahm den Hörer ab, sie sah verärgert aus.

»Hallo? Ja, hier Alice... Er ist da, ja... Willst du ihn sprechen?«

Obwohl der Apparat weit von mir entfernt stand, merkte ich an der Stimme, daß Dein Onkel Vachet am anderen Ende der Leitung war.

»Das geht leider nicht, Pierre. Alain und ich sind heute nachmittag zum Bridge bei Freunden...«

Du und ich, wir saßen vor unseren Vorspeisen, warteten schweigend, ohne sie anzurühren, und blickten auf einen dreieckigen Sonnenfleck, der auf dem Tischtuch spielte.

»Ich verstehe... Hat das nicht Zeit bis morgen...?«

Er gab ziemlich lange Erklärungen ab, sie hörte zu, während sie geradeaus vor sich hinblickte.

»Natürlich... Ja... Warte einen Augenblick. Ich spreche mit ihm darüber...«

Sie bedeckte die Sprechmuschel mit der Hand.

»Es ist Pierre. Er möchte uns heute nachmittag sehen, um die letzten Abmachungen wegen der Erbschaft zu treffen. Da er am Dienstag auf Tournee zu mehreren Vorträgen nach England fährt, hat er den Notar angerufen, um einen Termin für morgen zu kriegen. Ich habe ihm gesagt, daß wir zum Bridge bei Freunden sind, aber er besteht darauf.«

Ich habe die Achseln gezuckt. Diese Geschichte mit der Erbschaft nervt mich etwas, und ich möchte sie schnell hinter mich bringen.

»Du brauchst ja nur die Tremblays anzurufen und zu sagen, daß etwas Unvorhergesehenes dazwischengekommen ist«, sagte ich.

»Das ist wieder typisch Pierre, uns in der letzten Minute Bescheid zu sagen! ... Hallo, Pierre? Wir sind sehr in Verlegenheit wegen unserer Freunde, die uns erwarten, aber wenn es einfach nicht anders geht... Was sagst du?... Moment...«

Und zu mir gewandt:

»Hier oder am Quai de Passy?«

Deine Mutter wäre lieber zu meiner Schwester und meinem Schwager gegangen, weil es eben doch einen Ausgang bedeutet hätte, aber ich entschied trotzdem:

»Hier.«

Ich glaube, sie hat begriffen, warum, und nicht widersprochen. Ich bin der Sohn Lefrançois, und Dein Onkel ist nur der Schwiegersohn. Ich war bereits aufgebracht gegen ihn, weil er sich in eine Erbschaft einmischte, die ihn nichts anging, dafür sollte er sich wenigstens herbemühen. Er hat es sicher auch begriffen. Er neigt dazu zu glauben, daß sich alles nach ihm richten muß, weil er ein sehr bekannter, wenn nicht gar berühmter Schriftsteller ist.

Beeindruckt Dich das, träumst Du auch von einer solchen Karriere? Sagst Du stolz zu Deinen Kameraden, wenn in den Zeitungen von ihm die Rede ist oder wenn einer von ihnen einen seiner Romane liest: »Das ist mein Onkel!«

Wir sind fast gleich alt, denn er ist nur viereinhalb Jahre älter als ich. Sein Tatendrang kennt keine Grenzen, er ist ein Mann, der in seinem Leben alles gemacht hat, Theater, Film, Politik, und der in zahlreichen Komitees sitzt.

Meine Schwester Arlette, die sich anfangs damit zufriedengab, seine Manuskripte abzutippen, hat, als sie auf die Vierzig zuging, plötzlich ihrerseits den Wunsch verspürt, sich einen Namen zu machen, und sich ans Schreiben gemacht, erst für Frauenzeitschriften, dann für alles mögliche hier und dort, so daß man sie bei manchen Cocktails getrennt kommen sieht, jeder für sich.

Ich werde sicher noch Gelegenheit haben, über sie zu sprechen, und das wird sich auch gar nicht vermeiden lassen, da sie während des Dramas von 1928 nicht nur als Zeugen eine Rolle gespielt haben. Pierre Vachet, der gerade meine Schwester geheiratet hatte, war zu dieser Zeit leitender Angestellter in der Präfektur von Charente-Maritime, vierter Bezirk, zweite Dienststelle: Bauamt. Ich wundere mich, daß mir diese Einzelheiten der Verwaltung gleich wieder einfallen, ich war sicher, daß ich sie vergessen habe.

Er war mager und eckig und hatte rötlichblondes Haar. Er ist nicht mehr so mager, aber ein harter Mensch ist er immer noch, und sein Kopf ist fast völlig kahl, was ihn nicht etwa älter macht, sondern seine Gesichtszüge nur noch unterstreicht.

»Fangt an zu essen, ich rufe gleich noch die Tremblays an.«

Deine Mutter, und ich sage das ohne Boshaftigkeit, ist stolz darauf, die Schwägerin eines Mannes zu sein, über den so viel geredet wird, und beklagt sich darüber, daß Vachet uns nicht öfter besucht, sozusagen nie. Er schickt uns höchstens gelegentlich Karten für eine Premiere oder eine Generalprobe.

»... mein Schwager, Pierre Vachet. Er fliegt am Dienstag nach London, von wo aus er eine Tournee von Vorträgen durch England macht... Danke, Yvonne. Bei alten Freunden wie euch beiden brauche ich ja keine Umstände zu machen...«

Ich sah voraus, daß irgendwer für die Durchkreuzung ihres Vorhabens würde büßen müssen, doch ich war weit davon entfernt zu ahnen, daß Du es sein würdest. Ich hätte eher auf das Dienstmädchen getippt, das uns bediente und dabei sein scheußliches Parfüm um den Tisch herum verbreitete.

Plötzlich aber fragte Dich Deine Mutter, während sie ihre Serviette auseinanderfaltete:

»Was machst du heute nachmittag?«

Du hast zerstreut geantwortet:

»Ich weiß nicht.«

»Gehst du aus?« fragte sie beharrlich weiter.

Du hast erstaunt ausgesehen, denn es kommt selten vor, daß Du einen ganzen Sonntag zu Hause verbringst.

»Ich nehme an, ja.«

Ich muß sagen, daß Du in manchen Fällen, wie auch in diesem, eine aufreizende Art hast zu antworten, ich bin aber überzeugt, daß Du es nicht absichtlich tust, sondern nur aus Oberflächlichkeit oder Zerstreutheit. Du hast nicht begriffen, warum Dir all diese Fragen gestellt wurden, nachdem man Dir am Sonntag fast nie welche stellt, und Dein Gesicht nahm sofort einen verstockten Ausdruck an.

»Du nimmst an, oder bist du sicher?«
»Ich weiß es nicht, Mama.«
»Gehst du ins Kino?«
»Möglich.«
»Mit wem?«
»Weiß ich auch noch nicht.«
»Du weißt nicht, mit wem du gleich nachher ausgehen wirst?«

Ich, der ich einmal ein Junge in Deinem Alter war, habe Dich verstanden, aber ich verstehe auch die Gereiztheit Deiner Mutter. Es ist für Erwachsene schwer vorstellbar, daß Ihr bei Euren ausgewachsenen Körpern noch sehr ungefestigt seid. Als junger Mann bin ich hin und wieder ausgegangen, ohne ein bestimmtes Ziel zu haben, ich habe fast unbewußt einen Ort angesteuert, wo ich Kameraden treffen konnte, ein Café, ein Kino, oder ich ging einfach ziellos irgendeine Straße entlang.

Man macht nicht erst umständlich ein Treffen aus oder ruft sich an. Und wenn man niemanden trifft, versucht man es auf gut Glück an zwei, drei Türen.

Bei mir war es jedenfalls so.

Du hast geantwortet, den Kopf über Deinen Teller gebeugt:

»Nein, ich weiß es nicht.«

»Wo gehst du sonst am Sonntag immer hin?«

»Das kommt drauf an.«

»Du willst uns also nicht sagen, wo du deine Zeit verbringst?«

Du zogst Dich immer mehr in Dich zurück, und Deine Augen wurden fast schwarz.

»Ich habe gesagt, es kommt drauf an.«

Entweder ist es bei den Mädchen anders, oder Deine Mutter hat vergessen, daß sie auch einmal jung war, denn sie hat hartnäckig weiter gefragt, als wüßte sie nicht, daß alle jungen Leute das Bedürfnis nach einem eigenen Leben haben, das sie vor anderen geheimhalten.

Erinnerst Du Dich in diesem Zusammenhang daran, wie Du mit fünf Jahren zum ersten Mal in die Schule gegangen bist und ich Dich abends fragte, was du dort gemacht hast? Monatelang hast du mir lediglich lakonisch geantwortet:

»Nichts.«

»Hast du keine kleinen Freunde?«

»Doch.«

»Wer sind sie?«

»Ich weiß es nicht.«

»Was lernt ihr in der Schule?«

»Alles mögliche.«

Du verspürtest bereits instinktiv das Bedürfnis nach einem Leben für dich, das sich unserer Kontrolle entzog.

In der Regel können die Mütter sich nur schlecht damit abfinden.

»Hast du gehört, was er mir geantwortet hat, Alain?«

»Ja.«

Was sollte ich tun?

»Du läßt es zu, daß ein Kind von sechzehn Jahren sich weigert, seinen Eltern zu sagen, was es tut?«

»Hör zu, Mama...« hast Du begonnen, wahrscheinlich versöhnlich.

Zu spät! Der Auftritt war in vollem Gange, und nichts konnte ihn mehr abbrechen.

»Ich habe das Recht, hörst du, und sogar die Pflicht, Rechenschaft von dir zu fordern, nachdem dein Vater der Meinung ist, es nicht zu müssen.«

Bleich hast du gefragt:

»Dann muß ich also jedesmal um Erlaubnis bitten, wenn ich ins Kino gehen will?«

»Warum nicht?«

»Und jedesmal, wenn ich zu einem Freund gehe? Und wenn ich...«

»Allerdings.«

»Kennst du junge Leute, die das machen?«

Ihr wart einer so verbohrt wie der andere.

»Ich hoffe, alle, jedenfalls alle, die gut erzogen sind.«

»Dann ist keiner meiner Freunde gut erzogen.«

»Du suchst dir eben nicht die richtigen aus. Wie auch immer, solange du unter unserem Dach lebst, schuldest du uns Rechenschaft, und...«

Deine Unterlippe zitterte, wie früher als Kind, wenn Du Dich aufregtest. Ich sah Tränen in Deinen Augen, doch Dein Stolz zwang Dich dazu, sie zurückzuhalten.

Du hast nur selten in unserer Gegenwart geweint, und ich erinnere mich, daß ich Dich als dreijähriges Kind einmal völlig in Tränen aufgelöst in einem Wandschrank gefunden habe, in dem wir Dich wahrscheinlich aus Versehen eingeschlossen hatten. Heulend schleudertest Du mir entgegen:

»Geh weg! Ich hasse dich!«

Und als ich Dich gewaltsam aus Deinem Versteck zog, hast Du mir Fußtritte versetzt, und als das nichts nützte, hast Du mich in die Hand gebissen. Erinnerst Du Dich noch, mein Junge?

Deine Mutter hast Du nicht gebissen, Du bist aufgesprungen, wie von der Tarantel gestochen, ohne noch recht zu wissen, was Du tun solltest. Du hast sie angesehen und kurz gezögert, schließlich hast Du hervorgestoßen:

»In diesem Fall ist es wohl das beste, ich gehe gleich.«

Du hast einen Augenblick gewartet, in der Annahme, man würde Dich zurückhalten, doch Deine Mutter war zu verblüfft über Dein Verhalten, um etwas zu sagen, und ich habe Dir vergebens ein besänftigendes Zeichen gemacht.

Da blieb Dir nichts anderes übrig, als aus dem Eßzimmer zu stürzen, die Tür zuzuwerfen und auf Dein Zimmer zu flüchten.

»Hast du das gehört?« warf mir Deine Mutter hin.

»Ja.«

»Ich habe es dir immer gesagt. So weit kommt es noch mit deiner Erziehung.«

Ich schwieg, und die arme Emilie, die ganz verwirrt war, fragte sich wohl, ob sie abräumen sollte oder nicht.

»Sie können das Dessert auftragen, Emilie.«
Und zu mir:
»Du hast nichts gesagt. Du hast zugehört, als wärst du einer Meinung mit ihm. Denn ich weiß, daß du auf seiner Seite bist.«
Ich konnte nicht ja sagen, und ich wollte nicht lügen und nein sagen.
»Ich hoffe, daß du ihn wenigstens bestrafst, und sei es auch nur dafür, wie er mit mir geredet hat! Und vor allem würde ich ihm an deiner Stelle verbieten, heute auszugehen.«
Ich stand auf.
»Wo gehst du hin?«
»Ich sage es ihm.«
»Du sagst ihm was?«
»Daß ich ihm verbiete auszugehen.«
»Ich nehme an, du willst ihn trösten?«
»Nein.«
»Du wirst es trotzdem tun, wenn nicht mit Worten, dann doch durch dein Verhalten.«
Ich ging wortlos zur Tür. Der Rest ist Dir bekannt, es sei denn, Du hast es vergessen, bis Du diese Zeilen einmal liest, was ja vielleicht erst in vielen Jahren sein wird. Ich habe Dich auf Deinem Bett ausgestreckt gefunden, der ganzen Länge nach, das Gesicht im Kopfkissen vergraben, aber Du hast nicht geweint. Du hast meine Schritte erkannt, hast Dich aber nicht gerührt.
»Hör zu, mein Sohn...«
Du hast leicht den Kopf gewandt, gerade genug, damit Dein Mund und die Hälfte Deines Gesichts zum Vorschein kamen.

»Ich brauche niemand, der mit mir redet, auch dich nicht.«

»Ich bin gekommen, um dir zu verbieten, heute nachmittag auszugehen.«

»Ich weiß.«

Eine Stille trat ein, in der das Knarzen der Matratze einen Heidenlärm verursachte. Ich wußte nicht, ob ich reden oder hinausgehen sollte, als Du mit etwas rauher Stimme sagtest:

»Ich werde nicht ausgehen.«

Wir waren uns wohl in unserem ganzen Leben nie so nahe. Dein Zimmer geht zwar auf den Hof und ist daher ziemlich dunkel, doch das Bild, das ich davon bewahre, ist blau wie der Himmel an jenem Sonntag.

Bevor ich ging, habe ich flüchtig mit der Hand Deine Schulter berührt und dann leise die Tür hinter mir zugezogen.

»Was hat er gesagt?«

»Er bleibt da.«

»Weint er?«

Ich wollte nicht gern lügen. Schließlich habe ich nein gesagt.

Gegen vier Uhr, als wir schon eine Zeitlang mit meiner Schwester und Vachet im Salon gesessen hatten, flüsterte ich Deiner Mutter zu, als ich an ihr vorbeiging:

»Vergißt du auch nicht Jean-Paul?«

Sie warf mir einen fragenden Blick zu, und ich zeigte auf das Fenster, hinter dem die Sonne unterzugehen begann. Ich fragte stumm zurück: »In Ordnung?«

Sie verstand.

»Ich gehe zu ihm«, verkündete sie.

Die beiden anderen, die keine Kinder haben und auch keine wollen, waren verwundert. Ich sagte nur:

»Eine kleine Familienangelegenheit.«

Ich schenkte Whisky nach, denn Vachet und meine Schwester tranken nichts anderes; weil sie ihn mögen oder aus Snobismus, das geht mich nichts an. Als Deine Mutter in den Salon zurückkam, war sie entspannt. Zu den beiden gewandt, sagte sie leise:

»Er kommt und sagt euch guten Abend, bevor er ausgeht.«

Sie wich meinem Blick aus.

Als Du gegangen warst, wurde die Diskussion weitergeführt. Ich beteiligte mich nur wenig, und Deine Mutter hat es auf sich genommen, unsere Interessen zu vertreten, besser, als ich es gekonnt hätte.

Pierre Vachet verdient mehr Geld als ich, und meine Schwester verdient auch ganz gut, doch führen sie ein aufwendiges Leben. Außer in den letzten zwei Jahren hat Deine Tante mich oft gegen Monatsende im Büro aufgesucht, damit ich ihr über die Runden helfe.

Schon beim Tode meiner Mutter hat mich Vachet mit betont harmloser Miene gefragt:

»Ich nehme an, du hast nicht die Absicht, eines Tages in dieser Bruchbude zu wohnen?«

Ich konnte nicht ja sagen, denn ich habe nicht die geringste Lust, in Le Vésinet zu leben. Die Pariser verbringen schon seit ewigen Zeiten nicht mehr ihre Ferien dort.

Damals lebte Dein Großvater noch. In Versicherungen hört man so manches, und so habe ich kurz darauf aus sicherer Quelle erfahren, daß Dein Onkel im

Hinblick auf einen Verkauf mit einer Immobilienfirma Kontakt aufgenommen hatte.

Er weiß nicht, daß ich Bescheid weiß. Ich habe auch heute wieder geschwiegen, als er sagte:

»Ein Freund von mir, ein Geschäftsmann, hat mich nach unseren Plänen gefragt und behauptet, daß wir jetzt einen guten Preis erzielen würden.«

Deine Mutter, die nicht eingeweiht war, sah mich an, denn sie begriff plötzlich. Wenn das Haus in seinem jetzigen Zustand auch nicht viel einbringt, so ist doch das Grundstück, auf dem es steht, einiges wert. In der Straße stehen zwischen den wenigen, noch verbliebenen Villen bereits mehrere sechsstöckige Neubauten. Eine große, moderne Häusergruppe ist geplant, doch das geht nur, wenn ›Magali‹ abgerissen wird.

Ich habe mich damit abgefunden, auch wenn meine Eltern beide in dem Haus gestorben sind. Dennoch blieb mein Gesicht den ganzen Nachmittag so verschlossen wie Deins bei dem Streit mit Deiner Mutter.

Ich weiß, daß Vachet schnell verkaufen will; er will ein Geschäft machen, denn offenbar soll er sozusagen als Provision eine bestimmte Anzahl Aktien der Immobilienfirma bekommen.

Deine Mutter hat über den Preis verhandelt, über den Bezahlungsmodus und auch über die mehr oder weniger legalen Mittel, den Fiskus so weit wie möglich zu umgehen.

Es ist vereinbart, daß wir morgen zum Notar gehen. Da mein Vater kein Testament gemacht hat, wird sein Besitz je zur Hälfte zwischen meiner Schwester und mir aufgeteilt.

All das war bereits weder schön noch angenehm, hart wurde ich aber, als Vachet, sein Glas in der Hand, lässig meinte:

»Nun müssen wir noch über die Bücher sprechen, denn den Rest werden wir doch wohl versteigern.«

Dieser Rest, den Dein Onkel versteigern lassen will, sind die wenigen Möbel, zwischen denen mein Vater und meine Mutter ihre letzten Jahre verbracht haben.

Meine Schwester hatte die Stirn zu sagen:

»Bis auf den eingelegten Schreibtisch von Mama, den sie mir schon immer versprochen hatte. Ich habe ihn nicht verlangt, als sie gestorben ist, aber jetzt, wo...«

»Wußtest du, Alain«, fragte mich Deine Mutter, »daß der Schreibtisch Arlette versprochen ist?«

Ich habe kurz und trocken erwidert:

»Nein!«

»Aber Alain! Du weißt genau, daß sie, als wir noch in La Rochelle waren...«

»Nein!«

»Du hast ein schlechtes Gedächtnis. Allerdings warst Du wenig mit Mama zusammen.«

»Ich möchte wissen, was dein Mann über die Bücher sagen wollte.«

»Ich wollte nur einen Vorschlag machen, aber du scheinst heute schlecht gelaunt.«

»Ich höre.«

»Willst du es wirklich wissen?«

»Ja.«

»Ich habe die Bibliothek deines Vaters besser gekannt als du, denn in La Rochelle war ich schon verheiratet und hatte bereits meinen ersten Roman geschrieben, als du noch ein Student warst, der sich nicht groß für was interessierte. Du hast eine Karriere gewählt, die du verwaltungstechnisch oder wissenschaftlich nennen kannst, wie du willst, aber dein Vater sammelte vor allem historische und philosophische Werke.«

Mein Vater liebte alle Bücher. Außerdem war er ein Bibliophile, und in La Rochelle versäumte er niemals eine Versteigerung in der »Salle du Minage«. Er hatte seinen Winkel, wie ich meinen, keine »Rumpelkammer«, sondern ein beinahe fürstliches Büro, dessen Wände mit kostbaren Bucheinbänden geschmückt waren.

Bücher waren sein Lieblingsthema, und er pflegte sie bis zum letzten Tag, sicher haben sie ihm auch geholfen, den zweiten Teil seines Lebens besser zu ertragen.

»In Anbetracht meines Berufs«, fuhr Dein Onkel fort, »habe ich mir gedacht, wir könnten...«

Ich habe ihn nicht vor die Tür gesetzt und auch nicht geohrfeigt. Was er mir in ziemlich herablassendem Ton vorschlug, war, daß die Bibliothek an ihn ginge, während ich den Erlös aus dem Verkauf der Möbel und sonstigen Gegenstände bekommen sollte.

Ich verzog keine Miene. Er deutete mein Schweigen falsch. Ich blieb in meinen Sessel zurückgelehnt, mit verschränkten Händen, den Blick starr auf den Teppich gerichtet. Er machte noch einen Überredungsversuch:

»Die meisten Möbel sind antik, und echte Stücke erzielen heutzutage kolossale Summen. Außerdem sind auch noch die Bilder da, auch sie haben einen gewissen Wert.«

Ich machte es dann ein wenig so wie Du am Mittag, schnellte hoch und sagte ein einziges Wort:

»Nein!«

Ich muß sehr kategorisch geklungen haben, denn das Schweigen, das jetzt eintrat, hielt so lange an, daß ich das Zimmer verlassen und, wie Du, die Tür hinter mir zuschlagen konnte.

Zwar habe ich mich nicht aufs Bett gelegt, doch bin ich an meinen Schreibtisch gegangen, was mehr oder weniger aufs gleiche herauskommt, und habe zornig vor mich hingebrütet, bis Deine Mutter kam und sagte:

»Sie sind gegangen.«

Sie setzte sich in dem dunklen Raum, der nur von der Lampe mit dem Pergamentschirm erhellt wurde, mir gegenüber und fuhr fort:

»Du tatest recht daran, hinauszugehen. Du hättest dich nicht länger beherrschen können.«

»Hat er noch was gesagt?«

Ich konnte mir schon denken, was. Sie zögerte eine Sekunde.

»Ja.«

»Was?«

»Willst du es wirklich hören?«

Ich nickte.

»Daß du genug Unheil in die Familie gebracht hast, auch ins Leben Deines Vaters, und jetzt also mehr Zurückhaltung an den Tag legen könntest. Entschuldige, Alain, aber du wolltest es ja wissen.«

»Was habt ihr beschlossen?«

Ein kleines Siegerlächeln stahl sich auf ihr Gesicht:

»Wir behalten die Bücher, und sie bekommen den Erlös aus dem Verkauf.«

»Und der Schreibtisch?«

»Ich habe ihn deiner Schwester überlassen, in unsere Zimmer hätte er ohnehin nicht gepaßt, aber du behältst den Schreibtisch und den Sessel deines Vaters. Weißt du, was wir jetzt machen?«

»Nein.«

»Laß uns in die Stadt essen gehen.«

Sie hatte recht. Es war besser so.

Ein merkwürdiger Tag, denn wir stießen unten vor dem Aufzug mit Dir zusammen.

»Kommst du mit uns in die Stadt essen, Jean-Paul?«

Du hast nur eine Sekunde gezögert, und diesmal bist du mit uns ins Restaurant gegangen.

3

Deine Mutter lernte ich im März 1939 kennen. Sie hieß damals noch Alice Chaviron, und wir waren beide, im Abstand von einem Monat, gerade einunddreißig Jahre alt geworden.

Für meine Generaton ist der Frühling 1939 nicht ein Frühling wie jeder andere. Wir haben ihn nicht nach unserem eigenen Pulsschlag gelebt, sondern nach dem der weltgeschichtlichen Ereignisse.

Ein paar Monate zuvor, im Herbst 1938, waren wir mobilgemacht und in die Grenzgebiete verschickt worden, und die meisten von uns waren so gut wie sicher, nicht wieder heimzukehren. Ich sollte als Infanterie-Unteroffizier der Reserve nach Flandern kommen, unter den niedrighängenden Himmel des Nordens, der fortwährend platzte wie ein geflickter Schlauch. Überall war es naß, schlammig und kalt, auf den Straßen, in den Lastwagen, in denen wir zusammengepfercht saßen, in den Hinterräumen der Herbergen, in denen man uns zum Schlafen unterbrachte, wenn endlich mal wieder eine Rast beschlossen worden war. In den Dörfern sah man Gendarmen von ihren Rädern steigen und an die Türen klopfen, um Zettel mit persönlichen Aufrufen zu verteilen, denn man war aus uns unbekannten politischen Gründen nicht zur formellen Generalmobilmachung geschritten.

Auf den Straßen kamen uns die ersten Wagenkolonnen entgegen, auf dem Dach Matratzen und im Innern zusammengedrängte Familien mit ihrer kostbarsten Habe. Ich erinnere mich an Ortschaften, durch die wir im grauen Nebel kamen, die wie Geisterstädte wirkten und uns eher wie düstere Kulissen vorkamen als wie wirkliche Dörfer oder Siedlungen: Crécy-en-Ponthieu, Desvres, die Vorstädte von Boulogne, in denen es scharf und säuerlich nach Hering roch, Hardinghem, Berck, wo man die Krankenhäuser evakuierte, um Platz zu schaffen. Schließlich kamen die schwarz-gelb-roten Grenzpfähle und gepflasterten Straßen der belgischen Grenze, Hondschoote, wo wir endlich Halt machten.

Die meisten Männer neben mir waren düsterer und gedrückter Stimmung, während ich im Gegenteil wie berauscht war: Es war gleichsam eine Ironie des Schicksals, so als wäre die sich ankündigende Katastrophe nur angebahnt worden, um meinen persönlichen Anstrengungen Hohn zu sprechen.

Kaum zwei Monate zuvor hatte ich meine letzten Examina geschafft und mein Diplom als Versicherungsfachmann bekommen. Ich saß noch nicht in dem Büro, das Du kennst, sondern seit zwei Jahren in dem Büro hinter dem der Sekretäre, wo die Statistikmaschine steht, die Dich so beeindruckt hat.

Als ich mit einundzwanzig Jahren in das Haus in der Rue Laffitte kam – dank mehr oder weniger unklarer Unterstützung, da hat Dein Onkel Vachet recht –, wußte ich nicht einmal, daß es den Beruf des Versicherungsmathematikers gibt. Ich hatte eben den Magister in Jura gemacht und bereitete mich auf den Doktor vor.

Doch nach den Ereignissen von 1928 mußte ich meinen Lebensunterhalt und mein Studium selbst verdienen.

Logischerweise hatte man mich im rechten Flügel der dritten Etage in die juristische Abteilung gesetzt, wo mir, immer unter Leitung von routinierten Anwälten, nur die unwichtigsten Fälle anvertraut wurden.

Später wirst Du verstehen, warum ich es mir und anderen schuldete, voranzukommen, koste es, was es wolle, und warum ich ohne große Worte, ohne romantische Ideen, meine Jugend geopfert habe.

Diese zehn Jahre sind Jahre ununterbrochener Arbeit gewesen, ohne Ferien und ohne Zerstreuungen. Ich verließ das Büro in der Rue Laffitte nur, um mich in meinem möblierten Zimmer in der Rue de Paradis einzuschließen oder manchmal einen Kurs zu besuchen.

Trotzdem habe ich mit fünfundzwanzig Jahren meine Doktorarbeit abgeschlossen, und ich hätte mich damit zufriedengegeben, hätte Praktikant, später Anwalt werden können.

Zu dieser Zeit hat meine Schwester, als sie durch unseren Vater erfuhr, daß ich weiterstudieren und Aktuar werden wollte, einmal zu mir gesagt, indem sie mir gerade in die Augen sah:

»Gib zu, daß du Buße tust.«

Ganz so einfach war das nun auch wieder nicht, und ich habe es ihr lange Zeit übelgenommen, daß sie mich so gut zu durchschauen glaubte, doch hinter meiner Arbeitswut dieser zehn Jahre steckte wohl tatsächlich ein gewisses Bedürfnis, mich selbst zu bestrafen.

Doch trifft auch das den Sachverhalt nicht ganz. Strafe ist nicht das richtige Wort. Mich loskaufen noch weniger. Ich würde eher sagen, daß ich mich meinem Vater gegenüber in einer Schuld fühlte – und nur ihm gegenüber, das möchte ich betonen – und darin das einzige Mittel sah, sie abzutragen.

Außer Büchern brauchte ich wenig, und eines Tages leistete ich mir einen Luxus: Ich verließ die Rue de Paradis, die ständig mit Lastwagen verstopft war, in die man Kisten mit Glas und Fayencen verlud, und zog in ein geräumigeres, wenn auch immer noch altes und niedriges Zimmer am Quai de Grands-Augustins mit Blick auf die Seine.

Ich entdeckte die Versicherungsmathematik und begeisterte mich dafür. Ich führte ein bescheidenes Leben, doch die Erinnerung daran ist hell und luftig wie die Quais im Licht der durch die Kastanienbäume gebrochenen Sonnenstrahlen.

Auf meine Bitte hin wurde ich, gerade als ich in der juristischen Abteilung aufsteigen und ein höheres Gehalt bekommen sollte, als einfacher Angestellter in die mathematische Abteilung versetzt, um die Maschine zu bedienen.

Ich verstand fast nichts von Mathematik, und trotzdem war ich von da an umgeben von Zahlen und Gleichungen.

Die Schwierigkeiten, auf die ich in einem für mich neuen Arbeitsgebiet stieß, einschließlich meiner neuen untergeordneten Stellung, verschafften mir eine geheime Befriedigung, über die ich nicht einmal mit meinem Vater sprach, wenn ich sonntags nach Vésinet fuhr. Während all dieser Jahre versäumte ich es kein einziges Mal, am Sonntag einen Besuch in der Villa

Magali zu machen, wo meine Schwester selten und nur kurz auftauchte und ihr Mann, der begann, sich als Schriftsteller einen Namen zu machen, noch seltener.

Fünf Jahre mögen Dir lang erscheinen, doch mit zunehmendem Alter vergeht die kurze Zeit schneller, besonders wenn keine außergewöhnlichen Ereignisse stattfinden.

1938 also, zu Beginn eines heißen und prächtigen Sommers, habe ich mein letztes Diplom erlangt, da ich aber einen langen Urlaub brauchte, um mein Examen vorzubereiten, habe ich die Monate August und September im Büro verbracht, wo ich einen nach dem anderen die Leute ersetzt habe, die in die Ferien fuhren.

Ich war damals sehr mager. Du warst erstaunt darüber, als Du ein Foto von damals gesehen hast. Ich fühlte mich ausgepumpt und schlapp und hatte einzig die Befriedigung, eine schwierige Aufgabe bewältigt zu haben.

Was blieb mir noch zu tun? Die Stunden, die einst dem Studium gewidmet waren, wurden zu leeren Stunden, die ich nicht mehr auszufüllen wußte. Außerhalb des Büros kam ich mir so verloren vor wie ein Mann, der im Bahnhofshotel einer fremden Stadt abgestiegen ist, in der ihn niemand erwartet.

Ich mußte nur noch der vorgezeichneten Bahn folgen, um langsam aufzusteigen.

Und gerade da, als ich vor dieser Leere stand, erbebte die Welt in Vorbereitung eines Krieges. Die Zeitungen berichteten seit acht Tagen darüber, und schon erhielt ich meine Einberufung und schlüpfte in meine Uniform.

Lag darin nicht wirklich eine beinahe schwindelerregende Ironie? Zehn Jahre übermenschlicher Anstrengung, eines mönchischen Lebens, der »Buße«, wie meine Schwester es nennt, dann, sofort nach Erreichen des Ziels, diese schlammbedeckten Straßen, die nach Flandern und in den Tod führten.

Und ich war fröhlich, nicht von einer oberflächlichen, sondern von einer tief empfundenen Fröhlichkeit. Ich hatte geglaubt, mein Schicksal auf mich nehmen zu müssen, und ich hatte aufrichtig mein Möglichstes getan. Ich war am Ende meiner Aufgabe angelangt, und nun, als ich mich, ohne jeden Anhaltspunkt, fragte, welch neues Ziel ich ins Auge fassen sollte, entschied das Schicksal an meiner Stelle.

Von Hondschoote sehe ich noch immer die niedrigen Häuser vor mir, den fast ebenso niedrig hängenden Himmel, den Regen, die Wasserpfützen, das glänzende Messing in den Cafés, und in meiner Nase ist noch der Geruch des Biers, vermischt mit dem der Schnäpse des Landes.

Eines Nachmittags, es war ungefähr vier Uhr, stand ich im Ölzeug mit einigen anderen bei der Schranke des Grenzpostens, als ein belgischer Zollbeamter mit glühenden Wangen und glänzenden Augen herausgerannt kam. Aus dem Grenzhäuschen tönte noch immer eine Radiostimme, doch der Mann wartete das Ende nicht ab und rief uns zu, die Arme vor freudiger Erregung ausgebreitet:

»Es ist Frieden, Freunde! Ihr könnt nach Hause!«

Er lachte ganz aufgeregt, seine Augen waren naß vom Regen und von Tränen.

Es war die Konferenz von München, und ein paar Tage später fand ich mich tatsächlich, entmobilisiert, in dem marmornen Haus in der Rue Laffitte wieder.

Es war nicht der Frieden, das war vielen klar, es war nur ein Aufschub, und daher verliefen die folgenden Monate nicht wie gewöhnlich.

Ich möchte nicht sagen, daß man sie genoß, doch mir scheint, daß man darauf achtete, sie intensiver zu leben, all ihre Freuden auszukosten.

Ich ebenso wie die anderen, obwohl ich den Krieg mit so etwas wie Erleichterung hingenommen hatte. Dieser Widerspruch verlangt keine Erklärung. Selbst die Brustfellentzündung, die ich im Dezember bekam, empfand ich nicht als schlimm. Gegen den Rat des Arztes, der darauf bestand, daß ich in eine Klinik ging oder mich bei meinen Eltern pflegen ließ, blieb ich am Quai des Grands-Augustins, wo mich das Zimmermädchen in seinen freien Stunden pflegte. Im Bett las ich von morgens bis abends und horchte auf die Geräusche von draußen. In dieser Zeit habe ich die Memoiren von Sully gelesen, von denen eben eine neue Ausgabe erschienen war, dann, zum zweiten Mal, die des Kardinals de Retz, die mir mein Vater gebracht hatte.

Als ich im Januar meine Arbeit wieder aufnahm, war ich bleich und unsicher auf den Beinen. Im Februar hatte ich einen nicht sehr ernsten Rückfall, doch als ich wiederhergestellt war, war ich so abgemagert, daß mein unmittelbarer Vorgesetzter – der, dessen Stelle ich einnahm, als er pensioniert wurde – darauf bestand, daß ich einen Erholungsurlaub einreichte.

Ich hatte einen Teil meiner Kindheit in Grasse verbracht, als mein Vater dort Unterpräfekt war. Ich wollte an die Côte d'Azur, an der ich in der Zwischenzeit nie mehr gewesen war. Ich bin in Cannes ausgestiegen, allein, mit meinem Koffer und einigen Büchern über die Wahrscheinlichkeitsrechnung, und habe in Suquet, hoch über dem Hafen und der Stadt, eine weißgekalkte Hotelpension mit Mimosen und Eukalyptus im Garten gefunden.

Von meinem Fenster aus betrachtete ich weniger die Yachten im Hafen und das Meer als die Dächer der Altstadt, die in sämtlichen Rosaschattierungen heraufleuchteten. Ich sah auf die Balkone hinunter und durch die offenen Fenster ins Innere der Häuser, wo im Halbdunkel die Familien, vor allem die alten Leute, ihrem Alltag nachgingen.

Eines Morgens, die Sonne schien fast heiß, habe ich den Fehler begangen, mich vom spiegelnden Leuchten des Meeres verführen zu lassen und schwimmen zu gehen, ganz allein an dem sich endlos ausdehnenden Strand.

Zwei Tage später hatte ich vierzig Grad Fieber. Halb bewußtlos hörte ich fremde Stimmen um mich her flüstern. Tags darauf brachte man mich im Krankenwagen in eine Klinik, deren Fenster auf einen Garten hinausgingen, der wie ein Klostergarten aussah.

Und dort lernte ich die Krankenschwester Alice Chaviron, meine spätere Frau und Deine Mutter, kennen.

Wenn ich Dir diese Zeit meines Lebens so ausführlich beschrieben habe, so deshalb, damit Du weißt, in welcher Verfassung ich war, als es sich verändern sollte. Ich war am Leben, ohne doch zu leben, wie auf Zwischenstation, ich war ziellos, fühlte mich an nichts gebunden.

Hier muß ich etwas nicht Unwesentliches nachtragen. Zehn Jahre – Du wirst bald erfahren warum – hatte es keine Frau in meinem Leben gegeben, sondern nur kurze Flirts.

An die ersten Tage in der Klinik erinnere ich mich nur verschwommen, außer daß sie voller Wärme und Licht waren, wie manche Kindheitserinnerungen. Penicillin und seine Derivate gab es damals noch nicht, und ich war möglicherweise, wie man mir anschließend erklärt hatte, nahe an einer Lungenentzündung.

Die Krankenschwestern wechselten je nach Tages- und Nachtzeit, alle arbeiteten gewissenhaft. Trotzdem mochte ich die älteste von ihnen nicht; sie hatte einen russischen Akzent, wahrscheinlich war sie eine russische Emigrantin, und behandelte die Kranken mit allzu offensichtlicher Herablassung.

Es gab noch eine Schwester aus der Gegend, die nach Knoblauch stank, eine dunkelhaarige, untersetzte Frau um die Fünfzig, die mit mir sprach wie mit einem Kind und mit mir zu jonglieren schien, wenn sie mein Bett machte.

Was Deine Mutter betrifft, so hat sie sich mit den Jahren kaum verändert. Sie war so lebhaft und aktiv wie auch heute noch, mit dem einzigen Unterschied, daß sie damals ungezwungener war. Ich sage ungezwungen und nicht unbeschwert, denn ich glaube nicht, daß sie jemals unbeschwert gewesen ist, und ich vermute hinter ihrer Fröhlichkeit Ernst, ja Unruhe, vielleicht auch ein Gefühl von Unsicherheit.

Kam auch sie sich wie auf Zwischenstation vor, so wie ich? Wohl kaum. Dabei war sie, einige Monate vor mir, unter sehr ähnlichen Bedingungen in Cannes gelandet wie ich, in dem Sinne, daß auch sie sich an einer Wende befand, am Anfang eines neuen Lebensabschnitts.

Wie ich Dir schon sagte, habe ich sie zuerst nur durch einen Schleier von Fieber und Sonne wahrgenommen, und ich habe ihre Stimme kennengelernt, noch ehe ich sie selbst richtig sehen konnte.

Sie dagegen hat mich abgemagert und in Schweiß gebadet kennengelernt und jeden Bereich meines bleichen Körpers gepflegt, noch bevor sie wußte, wer ich war.

Anfangs, als wir begannen, uns miteinander zu unterhalten, hat mich das gestört, und während es mir bei den beiden anderen nichts ausgemacht hat, daß sie mich in einem so geschwächten Zustand sahen, nahm ich es ihr eine Zeitlang sogar übel.

Nicht etwa aus Liebe. Das hat es zwischen uns nie gegeben. Ich schämte mich eher, wie ich mich auch vor einem gleichaltrigen Kameraden geschämt hätte.

Wenn ich mich recht erinnere, waren die ersten Worte, die sie an mich richtete:

»Heute dürfen Sie Gemüsesuppe und einen Zwieback mit Marmelade essen. Haben Sie Hunger?«

In Wirklichkeit fand ich sie ein wenig anstrengend mit ihrer Lebhaftigkeit, denn sie war unaufhörlich in Bewegung und schien immer mehrere Dinge gleichzeitig zu tun.

Die andere Schwester, Madame Buroni, die ich bei mir die Jongleuse nannte, arbeitete auch flink, doch es gelang ihr, alles so zu tun, als würde sie es nicht berühren, ohne Hast.

»Haben Sie Freunde oder Verwandte an der Côte?« fragte Alice Chaviron mich, als sie meine erste Mahlzeit überwachte.

»Nein, niemanden.«

»Und in Paris? Sie leben doch in Paris, nicht wahr?«

»Ja, aber ich habe nur meine Eltern in Vésinet.«

»Wohnen Sie bei ihnen?«

Ich schüttelte den Kopf.

»Morgen oder übermorgen können Sie ihnen ein paar Zeilen schreiben.«

»Danke.«

Über ihre Herkunft habe ich erst später etwas erfahren. Bald verbrachte sie jede freie Minute in meinem Zimmer. Dabei ließ sie die Tür einen Spaltbreit offen, damit sie die Glocke hörte. Meistens wurden wir mehrmals durch den schrillen Klang der Glocke unterbrochen.

»Alle sind so ungeduldig! Sie tun, als würden sie im Sterben liegen.«

Oder sie sagte:

»Aha! Das ist die Nummer siebzehn, die gewaschen werden will.«

Nach drei Tagen kannte ich alle meine Nachbarn und Nachbarinnen auf dem Stockwerk, ohne sie je gesehen zu haben, und ich war auf dem laufenden über ihre Krankheiten und ihre Launen.

Eines Nachts gab es einen Toten, einen alten Mann,

der Krebs gehabt hatte. Ich war von gedämpften Schritten und flüsternden Stimmen im Gang aufgewacht, von Telefongeklingel, dann stieß die Tragbahre gegen die Wand. Tags zuvor hatte ich den Priester vorbeigehen sehen, der uns manchmal besuchte. Alice Chaviron hatte Dienst, und als sie um sieben Uhr morgens zu mir hereinkam, war ihr Gesicht so frisch und heiter wie an allen anderen Tagen.

»Haben Sie es gehört?«
»Ja.«
»Es ist das beste für ihn. Ich finde es nur unmöglich von seinen Kindern, daß sie ihn in drei Wochen nur ein einziges Mal besucht haben. Dabei wohnt eine seiner Töchter in Nizza, und sein Sohn hat eine Autowerkstatt in Grasse. Er ist ein italienischer Einwanderer, der ohne einen Sou hier angekommen ist. Er hat als Maurer angefangen und hinterläßt ihnen ein Vermögen. Jetzt, wo er tot ist, werden sie herbeieilen und Tränen vergießen.«

Sie sah mich lächelnd an.
»Haben Sie Angst gekriegt?«
»Nein.«
»Es gibt Kranke, die das sehr mitnimmt, und darum versuchen wir, so leise wie möglich zu sein.«
»Wo ist er jetzt?« fragte ich.
»Unten. Es gibt einen besonderen Raum dafür im Untergeschoß.«
»Sind Sie schon lange Krankenschwester?«
»Ich habe vor neun Jahren mein Diplom gemacht. Ich bin genauso alt wie Sie.«
»Woher wissen Sie, wie alt ich bin?«

»Ich habe es auf Ihrem Krankenblatt gelesen. Sie sind einen Monat und drei Tage älter als ich.«

Gegen Mittag war es an diesem Tag warm genug, daß man mein Fenster offen lassen konnte, und ich sah den Wipfel einer Platane und die dunkelgrünen Flächen einer Pinie, deren Nadeln sich vor dem Blau des Himmels abzeichneten.

Ich las noch nicht. Ich tat gar nichts, ich wartete nur auf den Besuch des Arztes, der zweimal täglich kam, auf das Gewaschenwerden, auf die Putzfrau und vor allem auf die Essenszeiten.

Am unangenehmsten war die Morgenwäsche, vor der mir jedesmal graute. Erst danach begann ich aufzuleben, mit einem sauberen Körper in frischen Betttüchern.

Ich hatte meinen Eltern eine Karte geschrieben und von meinem Urlaub berichtet, ohne zu erwähnen, daß ich krank war, und Alice Chaviron rief im Hotel an, damit man mir meine Post in die Klinik brachte.

Noch ahnten wir beide nicht, daß wir den Rest unseres Lebens zusammen verbringen würden, und wenn wir uns beobachteten, so taten wir es etwa so, wie man in einem Zug oder einem Wartesaal seine Nachbarn beobachtet.

Wir waren beide ungebunden. Deine zukünftige Mutter vertraute mir später an, daß sie damals in der gleichen Art Schwebezustand lebte wie ich.

Zwischen uns herrschte das stillschweigende Abkommen: ›Was heute ist, zählt nicht. Morgen, nächsten Monat, weiß Gott wann, wird das eigentliche Leben beginnen.‹

So kam es dann auch, nur auf ganz andere Art, als wir es uns vorgestellt hatten.

Was nun folgt, habe ich nach und nach in Cannes erfahren, erst in der Klinik, dann während meiner Genesung und das übrige nach unserer Heirat.

Alices Vater war Normanne und sehr stolz darauf, Wilhelm zu heißen, wie Wilhelm der Eroberer, von dem er einer der zahlreichen Nachkommen sein wollte. Er war in Fécamp in der Rue d'Etretat als Sohn einfacher Leute geboren, sein Vater arbeitete in der Kellerei Bénédictine.

In der Schule von Anfang an Klassenerster, hatte man ihn ermutigt zu studieren, und dank verschiedener Stipendien und der Unterstützung der Fabrikanten des berühmten Likörs konnte er schließlich sein Examen in Geschichte machen und Gymnasiallehrer werden.

Deine Mutter wurde nicht in Nizza geboren, sondern in Bourges, wohin ihr Vater zunächst berufen wurde. Erst als sie drei oder vier Jahre alt war, wurde er an die Côte d'Azur versetzt.

Das haben unsere beiden Familien gemein: Auch mein Vater wanderte während seiner Präfektenkarriere durch verschiedene Unterpräfekturen und Präfekturen, bevor er die Präfektur in La Rochelle bekam.

Wir haben die Daten verglichen und entdeckt, daß wir als Kinder mit ungefähr fünf oder sechs Jahren beide nur wenige Kilometer voneinander entfernt lebten, sie in Nizza und ich in Grasse.

Ich bin fortgezogen, sie ist geblieben.

Vor ein paar Jahren sind wir mit Dir im Auto an dem Haus vorbeigefahren, in dem Deine Mutter gelebt hat, und wir haben einen Blick getauscht, sie und ich, denn sie hatte es mir schon einmal gezeigt.

Erinnerst Du Dich an die großen Gebäude in italienischer Bauart, aus denen die Altstadt besteht, zwischen der Place Masséna und dem Hafen, mit dem Markt im Zentrum? Die glatten Fassaden sind ohne Verzierungen, in einem Rot gestrichen, das man sonst nirgends findet, oder in Ocker, und alle haben die gleichen blaßgrünen Fensterläden, die fast den ganzen Tag geschlossen sind, um die Wohnungen kühl zu halten.

Wenn man untertags durch die Straßen geht, wirken diese kasernenartigen Häuser wie ausgestorben, doch abends, wenn die Fensterläden aufgehen, summt es darin wie in einem Bienenstock, und einige der Bewohner verbringen die Zeit bis zum Schlafengehen lieber draußen auf den Gehsteigen.

Hat sich Deine Großmutter mütterlicherseits wohlgefühlt im Süden, wo sich der größte Teil des Lebens in der Öffentlichkeit abspielt?

Sie lebt noch. Du kennst sie. Ein einziges Mal ist sie uns besuchen gekommen, denn sie ist hochbetagt, und sie hatte seit jeher Angst vor dem Reisen. Als ihr Mann starb, ist sie nach Fécamp zurückgekehrt, wo sie auf ihre alten Tage bei einer unverheirateten Kusine, die genauso alt ist wie sie, zweihundert Meter von der Bénédictine entfernt, wohnt.

Wir haben sie dort einmal zusammen in dem dunklen Häuschen besucht, in dem es so eigentümlich nach in Wollstoffe gehüllten alten Frauen riecht und nach dem Fischgestank vom Hafen.

Früher hat Deine Großmutter diesen Fisch auf einem

Handkarren über das glitschige Pflaster von Fécamp geschoben und auf dem Markt verkauft. Ein hübsches Mädchen war Deine Großmutter einmal, fast ohne jede Schulbildung, und doch wollte es das Schicksal, daß sie ausgerechnet einen Gymnasiallehrer heiratete.

Hilft Dir das vielleicht, Deine Mutter zu verstehen? Ich behaupte nicht, daß sie sich ihrer Herkunft schämt. Dennoch werde ich das Gefühl nicht los, daß sie darunter gelitten hat, in einem Arme-Leute-Viertel zu wohnen, in diesem Haus, zum Bersten voll mit kleinen Leuten.

Lehrer genießen in solchen Kreisen hohes Ansehen, und die Nachbarn kamen zu Deinem Großvater Chaviron, damit er einen Brief für sie schrieb oder ihnen einen Rat erteilte, manchmal auch, damit er bei einer Meinungsverschiedenheit den Schiedsrichter spielte.

Ich habe ihn nicht gekannt, denn er ist ein paar Jahre vor meinem Aufenthalt in Cannes einem Herzanfall erlegen, und gleich darauf ist seine Frau in die Normandie zurückgegangen.

Ich habe Fotos von ihnen gesehen. Zwei davon sind auch in unserem Familienalbum, Du kennst sie. Für den Fotografen hat Dein Großvater eine strenge, fast grimmige Miene aufgesetzt. Nach dem, was ich über ihn gehört habe, war er ganz durchdrungen von seiner Wichtigkeit und stolz auf den Weg, den er zurückgelegt, auf die Anstrengungen, die ihn dieser gekostet hatte, und so nahm er oft und gerne diese feierlichen Posen an.

Unter uns gesagt, ich glaube, daß er darunter gelitten hat, daß seine Frau so gewöhnlich war. Sie hatten vier Kinder. Deine Mutter war die jüngste. Sie mußten jeden Franc umdrehen, und auch wenn sie das um keinen Preis zugegeben hätten, waren sie in Wirklichkeit ärmer als die kleinen Leute um sie herum mit ihrem schlampigen Lebensstil und ihrer lauten Fröhlichkeit.

Die vier Kinder hatten ein recht unterschiedliches Schicksal. Emile, der einzige Sohn, ging mit siebzehn Jahren zur Marine, die er fünf Jahre später wieder verließ, um nach Madagaskar auszuwandern, von wo er nie mehr zurückkehrte und nie mehr etwas von sich hören ließ. Nur auf Umwegen, über Beamte von dort, erfuhren wir, daß er mit einer Eingeborenen verheiratet ist und mit ihr acht Kinder hat.

Wenn Deine Mutter nie über Deinen Onkel Emile spricht, so sicher, weil sie fürchtet, er könnte ein schlechtes Beispiel für Dich sein. Die älteste Tochter, Jeanne, heiratete einen jungen italienischen Lebensmittelhändler, der zuerst ein Geschäft in Antibes und, nach dem Konkurs, eins in Algier hatte. Dort lernte Jeanne einen Engländer kennen, den sie nach ihrer Scheidung heiratete. Wir reden öfter von ihr, und sie schickt uns auch jedes Jahr aus Devonshire einen Neujahrsgruß.

Louise ist nur ein Jahr älter als Deine Mutter. Sie lebt im Kloster.

Deine Mutter hat nach dem Abitur als Stenotypistin bei einem Immobilienmakler gearbeitet. Nach ein paar Monaten hat sie von einem Tag auf den anderen die Stelle gekündigt und eine Ausbildung als Krankenschwester angefangen. Da alle ihre Geschwister bereits ausgeflogen waren, war es Deinem Großvater nur recht, wenn sie während ihrer Ausbildung noch bei ihm blieb.

Über das, was in dem Maklerbüro vorgefallen ist, weiß ich nichts Genaueres. Als ich einmal darauf anspielte, verfinsterte sich das Gesicht Deiner Mutter, und sie sagte nur:

»Reden wir nicht darüber, ja? Ich war ein dummes Gänschen, voller Illusionen.«

Ich habe oft darüber nachgedacht und bin ziemlich sicher, daß es nicht nur eine Enttäuschung war, wie sie die meisten jungen Mädchen einmal erleben, sondern eine Demütigung.

Du weißt, wie stolz Deine Mutter ist. Sie wollte einen Beruf, in dem sie persönlich mehr gefordert wurde als in einem Sekretariat, und ich kann ihre Entscheidung verstehen.

Sie hätte nach dem Diplom in Nizza bleiben können, doch sie wollte unbedingt in eine Klinik nach Paris. Der Leiter war Professor B., ein berühmter Kardiologe, dessen Lehrbücher immer noch benutzt werden. Er war das, was man allgemein einen ›großen Chef‹ nennt.

Deine Mutter, frisch aus dem Süden angereist, dessen Akzent sie noch nicht ganz abgelegt hatte, war zweiundzwanzig Jahre alt. Er war sechsundvierzig, fast so alt wie ich heute. (Wart's ab, bis Du einmal in dem Alter bist, bevor Du jemanden gleich als alten Mann bezeichnest.)

Ich kann verstehen, was dann geschah, und auch Du wirst es eines Tages verstehen. Daß Professor B. sie geliebt hat, steht außer Frage, und wenn er nicht katholisch gewesen wäre und Mitleid mit seiner Frau gehabt hätte, hätte er sich bestimmt scheiden lassen und Deine Mutter geheiratet.

Ob sie ihn ihrerseits auch liebte, darüber bin ich mir nicht so sicher. Gewiß bewunderte sie ihn und war ihm sehr ergeben.

Fast zwei Jahre hat sie in seiner Klinik gearbeitet. Der Professor kam jeden Morgen, umringt von seinen Studenten, auf Krankenvisite. Ich weiß nicht, ob sie sich noch anderswo getroffen haben, es spielt auch keine Rolle.

Was dann kam, war ein Werk des Zufalls. Der Arzt hatte für die Privatpatienten, die er zu Hause empfing, eine Privatassistentin, die gleichzeitig auch seine Sekretärin war. Sie war achtunddreißig, und alle dachten, sie würde bis ins Rentenalter beim großen Chef bleiben. Da lernte sie einen Witwer kennen, dessen Frau gerade gestorben war, einen Hypochonder, der nicht allein leben konnte und sie heiratete.

Deine Mutter wurde ihre Nachfolgerin. Die Frau des Professors hatte selbst nach optimistischsten Prognosen nicht mehr als noch fünf Jahre zu leben.

Wäre alles normal verlaufen, wäre Deine Mutter heute Madame B. Das Verhältnis des Professors war ein offenes Geheimnis, die Ärzte wußten Bescheid, seine Bekannten auch, ebenso seine Frau, die sich nur noch um ihre Gesundheit kümmerte und kaum noch in dieser Welt weilte.

Der Arzt arbeitete oft bis spät in die Nacht, und seine Assistentin schlief in der Wohnung; bald oblagen ihr auch die meisten Pflichten einer Hausherrin.

Es war Anfang 1938, Deine Mutter war dreißig Jahre

alt, seit acht Jahren schien ihr Leben ein für allemal geregelt. Da wurde B. eines Tages, als er im Eiltempo aus einer Klinik in Passy herausgestürmt kam, wo er einen Patienten behandelt hatte, von einem Taxi angefahren und fast auf der Stelle getötet.

Ich habe nie nach Einzelheiten gefragt über das, was dann geschah. Ich weiß nur, daß Deine Mutter noch am selben Abend ihre Sachen packte und die Rue Miromesnil verließ. Sie war nicht in der Lage, noch einmal zurückzukehren, als der Leichnam ihres Chefs dort aufgebahrt war.

Madame B. hat ihren Mann um sechs Jahre überlebt, und das Vermögen des Professors ging an die Neffen der Witwe.

Zu der Zeit, als ich im strömenden Regen nach Flandern unterwegs war, kam Alice Chaviron in Cannes an, wo in einer Klinik gerade eine Stelle als Krankenschwester frei geworden war.

Sie hat nicht die Gramgebeugte oder Verzweifelte gespielt. Als sie mir diesen Teil ihrer Geschichte erzählte, konnte ich gerade die ersten Male aufstehen, und man stellte meinen Sessel ans Fenster. Dort lehnte sie in ihrer weißen Uniform, die Arme gekreuzt, und ein paar nicht zu bändigende Haarsträhnen lugten aus ihrem Häubchen. Sie sprach entspannt, ohne Betonungen, und sah dabei zuerst in den Garten, wo ich die Schritte der Kranken auf dem Kies knirschen hörte, dann wandte sie sich ohne sichtbare innere Regung wieder mir zu.

»Seltsam, nicht?« schloß sie ihren Bericht, kurz bevor die Glocke sie auf Zimmer 14 rief, wo in der Nacht zuvor eine neue Patientin eingeliefert worden war, die operiert werden sollte.

Später, viel später, habe ich über all das noch einmal nachgedacht, ohne Bitterkeit, ohne Groll, und auch heute hege ich keinerlei Groll gegen Deine Mutter.

Wir haben uns alle beide geirrt, und keiner von uns verdient Vorwürfe. Ich habe ihr meinerseits alles erzählt, was ich Dir anschließend berichten werde, so daß sie im Bilde war.

Wir waren nicht mehr ganz jung. Und wenn wir auch noch an die Liebe glaubten, so wußten wir doch, daß es zwischen uns keine gab. Einige Monate früher oder später wäre uns die Idee zu heiraten wahrscheinlich gar nicht gekommen.

Wir waren beide gerade frei und verfügbar. Und wir waren beide überzeugt, daß die Katastrophe kurz bevorstand, daß ich bald wieder die Uniform anziehen und in den Norden abreisen und es diesmal ernst sein würde; daß alles, was heute noch von Bedeutung schien, morgen keine mehr haben würde.

Zum ersten Mal hatte ich eine Kameradin, und die Tatsache, daß sie mich im Intimbereich gepflegt hatte, störte mich nun nicht mehr, sondern hatte im Gegenteil zur Folge, daß ich mich in ihrer Gegenwart wohlfühlte. Ich brauchte mich nicht zu schämen, ich brauchte auch keine Rolle zu spielen.

Die Zeit verging wie im Fluge, denn eigentlich dauerte ja mein Aufenthalt in der Klinik, der mir so ereignisreich vorkam, kaum mehr als drei Wochen.

Dennoch ist sie einer der Orte, die mir sehr vertraut geblieben sind, wie ein Ort, an dem man lange gelebt hat. Ich würde die Geräusche wiedererkennen, die besondere Luft, die stoßweise zum offenen Fenster hereinströmte, wenn die Brise aus einer bestimmten Richtung wehte, mit dem Geruch nach verwässertem Wein, der sich eigenartig mit dem Duft der Eukalyptusbäume mischte.

Offenbar gab es in irgendeiner der engen, nach unten abfallenden Gassen bei der Klinik einen Weinhändler, denn ich hörte den ganzen Tag lang Fässer rollen, bald volle, bald leere, und das fast ununterbrochene Klirren von Flaschen.

Ich hatte mir vorgenommen, nach meiner Entlassung aus der Klinik der Herkunft dieser Geräusche und Gerüche nachzugehen, habe es dann aber vergessen. Ebenso ging es mir mit der Mädchenschule weiter oben am Hügel, von der zweimal täglich der schrille Pausenlärm zu mir herüberdrang.

Ein alter Mann im verblichenen, blaugestreiften Klinikpyjama und -morgenmantel humpelte jeden Tag an seiner Krücke an meinem Zimmer vorbei. Vor der Tür hielt er kurz inne, und wenn sie nur angelehnt war, stieß er sie ganz auf. Ernst stand er eine Weile im Türrahmen und betrachtete mich, dann nickte er und ging weiter.

Allem Anschein zum Trotz war er weder verrückt noch vertrottelt. Er war ein ehemaliger Operettentenor, der sich seit acht Monaten in der Klinik aufhielt, wo er mehrmals hintereinander operiert worden war. Erst an dem Morgen, an dem ich fortging, sprach er mich an. »Viel Glück, junger Mann«, sagte er mit unbewegter, heiserer Stimme, nickte und ging weiter.

Deine Mutter wohnte nur ein paar Schritte entfernt an der Place du Commandant-Maria, wo sie im Erdgeschoß eines Eckhauses eine möblierte Wohnung gemietet hatte, mit Schlafzimmer, Küche, einem kleinen Wohnzimmer und Bad. Gegenüber war eine Apotheke.

Ich hatte meine Eltern von meinem Rückfall unterrichtet, wobei ich ihn verharmloste. Ich schrieb auch an die Versicherung, die mir einen zusätzlichen Urlaub gab und mir riet, mich zu schonen. Ich kam in mein Zimmer im Suquets-Viertel zurück, der Garten stand voller Blumen, und gegen Ostern, als die Feriengäste kamen, wurden die Tische zum Essen hinausgestellt.

Einen Monat später hatte ich Deine Mutter noch immer nicht geküßt, es kam mir nicht einmal in den Sinn. Wenn sie freihatte, gingen wir zusammen ins Kino. Seit ich neunzehn war, hatte ich nicht mehr eine Frau ins Kino begleitet. Wir besuchten zusammen die Lérins-Inseln, gingen Seite an Seite die alten Mauern der Festung entlang, dann durch die Pinienwälder und saßen zuletzt auf einem Felsen, um aufs Meer hinauszusehen.

Der Entschluß keimte bereits in mir, doch nahm ich ihn auch nicht ernst. Ich sagte mir lediglich: Warum eigentlich nicht?

Es machte mir Spaß. Rückblickend bin ich überzeugt, daß sie in etwa genauso dachte. Nicht, daß sie berechnend oder eigennützig gewesen wäre, das nicht. Es war komplizierter. Wir liebten uns nicht, aber wir waren gern zusammen. Und die Tage, die wir miteinander verlebten, waren wie Ferien, obschon Alice zur Arbeit mußte.

Ihr Vater, der Sohn des Kellereiarbeiters in Fécamp, war Lehrer geworden und hatte davon geträumt, seinen Sohn, der dann nach Madagaskar ging, Arzt oder Anwalt werden zu lassen.

Auch ihre Schwestern hatten unwillkürlich versucht, auf die eine oder andere Weise den Aufstieg fortzusetzen. Jeanne schien es recht weit gebracht zu haben, denn ihr gedrucktes Briefpapier trägt heute den Namen eines Besitzes in Devonshire.

Deine Mutter wäre fast die Gattin eines berühmten Arztes geworden, und nur der Zufall hatte sie, wie beim Brettspiel, gezwungen, einige Felder zurückzurücken.

Ich war nicht gerade reich, hatte aber das, was man eine glänzende Stellung nennt, und im Versicherungswesen konnte ich mich nur verbessern.

Noch einmal, ich betone es: Im März und April 1939 hat sie sicher nicht daran gedacht.

Wir spielten beide so etwas wie ein Spiel, an das wir nicht glaubten, bis zu dem Tag, an dem ich plötzlich bei Tisch im Garten im Suquets-Viertel – wir aßen gerade Bouillabaisse neben einem holländischen Paar – ohne nachzudenken sagte:

»Warum heiraten wir eigentlich nicht?«

Es gab so etwas wie ein kaum wahrnehmbares Zusammenzucken, ein Erzittern wie bei der Berührung mit einem leichten elektrischen Stromstoß – dann brach sie in Lachen aus.

»Das wäre genau das richtige!« rief sie. »Und viele Kinder!«

Wir machten während des übrigen Essens und noch bis zum Tor der Klinik in diesem Ton weiter. An diesem Tag hatte sie ihren Dienst von zwei bis zehn Uhr. Ich ging in mein Hotelzimmer zurück und verbrachte den Nachmittag damit, mich in das Werk eines deutschen Schülers von Painlevé zu vertiefen, dann aß ich an meinem Pensionstisch zu Abend.

Um zehn Uhr ging ich weg. Um Viertel nach zehn, als sie eben die Place du Commandant-Maria erreichte und ihren Schlüssel aus der Tasche zog, trat ich aus dem Schatten.

»Sie sind es!« sagte sie, ohne erstaunt zu sein.

»Ich möchte gern ernsthaft mit Ihnen reden, und ich bitte Sie, einen Moment mit hineinkommen zu dürfen.«

Sie hat nicht gezögert, hat nicht Komödie gespielt und den Schlüssel ins Loch gesteckt.

»Einen Moment!« sagte sie, als ich eintreten wollte. »Ich möchte erst schauen, ob nichts herumliegt.«

Sie machte Licht in den Zimmern, und ich hörte, wie sie Kleider oder Wäsche in einen Schrank warf.

»Sie können reinkommen.«

Die Wohnung war etwas vulgär und machte auf mich den Eindruck, als würde sie normalerweise an Mädchen einer andern Sorte vermietet. Im Wohnzimmer stand neben einem Tisch und einem Büfett im Stil Henri II. ein abgewetzter Diwan mit grünem Ripsbezug, der mich irritierte und mich immer wieder zwang, den Blick abzuwenden.

Sie begriff sofort und erklärte:

»Vor mir hat eine Kabarettänzerin hier gewohnt.

Die Wände waren voller Titelblätter von Magazinen. Wollen Sie etwas trinken?«

»Nein.«

»Ich auch nicht. Um so besser, ich habe nämlich nur Weißwein, und der ist sicher lauwarm.«

Wußte sie, warum ich gekommen war? Wahrscheinlich.

»Beim Mittagessen haben wir übers Heiraten geredet«, sagte ich, da mir nichts einfiel, womit ich die Unterhaltung weniger direkt hätte beginnen können. »Heute nachmittag habe ich viel darüber nachgedacht.«

Das stimmte, obwohl ich die ganze Zeit mit dem ziemlich schwierigen Buch beschäftigt war, das ich gerade las.

»Ich bin ganz einfach nur gekommen, um Ihnen zu sagen, daß das kein Scherz war. Ich sehe nicht ein, warum wir nicht heiraten und ebenso glücklich sein sollten wie andere auch.«

Sie ging noch einmal zum Scherzen über:

»Warum nicht, ja wirklich!«

»Denken Sie darüber nach. Wir kennen uns besser als die meisten Verlobten nach einem Jahr, in dem sie oft beisammen waren. Ich bringe Ihnen keine romantische Liebe entgegen, und ich verlange keine von Ihnen.«

Ich spürte, daß sie angespannt war, und eben, weil sie es war, spottete sie bis zum Schluß.

»Also eine Vernunftheirat, was?«

»Nein. Nur ganz einfach eine zwischen zwei Menschen, die sich schätzen, die sich zusammen wohl fühlen und sich gegenseitig helfen werden, den Rest des Lebens angenehm zu verbringen.«

In diesem Augenblick entschloß sie sich, ernsthaft zu werden.

»Das ist sehr freundlich von Ihnen, Alain, mir diesen Vorschlag zu machen, und ich bin Ihnen dankbar dafür. Sie hätten mich ebensogut fragen können, ob ich Ihre Geliebte werden will, und ich hätte wahrscheinlich ja gesagt, auch wenn ich gewußt hätte, daß es nur solange dauern würde, als Sie in Cannes sind.«

»Das ist nicht, was ich will.«

Anscheinend – sie hat später mit mir noch einmal darüber gesprochen – hat sie der Ernst, mit dem ich diese Worte ausgesprochen habe, zum Lachen gereizt, vor allem auch, weil ich in ebendiesem Moment, ohne daß es mir bewußt war, den Blick angewidert von dem Diwan abwandte.

Es mag Dir merkwürdig erscheinen, aber ich habe sie an diesem Abend nicht angerührt, auch die ganzen drei Wochen nicht, die ich noch an der Côte verbracht habe.

Als sie mich zum Zug begleitete, hatte ich noch immer keine endgültige Antwort.

»Wir werden sehen, ob es einen Monat Trennung überlebt.«

Während dieses Monats habe ich ihr keinen einzigen richtigen Brief geschrieben, doch ich habe ihr jeden Tag die gleiche lakonische Karte geschickt: *5. Tag: Es bleibt dabei* – *6. Tag: Es bleibt dabei.*

Und so weiter bis zum neunundzwanzigsten Tag, denn am dreißigsten, einem Samstag, hole ich sie an der Gare de Lyon ab und brachte sie in das Hotel am Quai des Grands-Augustins, wo ich im Stockwerk unter dem meinen ein Zimmer für sie reserviert hatte.

Am nächsten Tag fuhren wir nach Vésinet. Ich hatte sie vorgewarnt, daß meine Mutter wahrscheinlich kein Wort mit ihr reden würde, und ihr gesagt, sie brauche sich nichts daraus zu machen.

Mein Vater war charmant, ganz Mann von Welt, mit einer Spur Galanterie, die er immer sehr geschickt zu dosieren wußte.

Es verging gerade noch die Zeit für das Aufgebot, dann heirateten wir auf dem Standesamt des siebten Arrondissements. Wir hatten noch nicht einmal eine Wohnung. Die Kriegserklärung überraschte uns im selben Hotel, in dem wir nun zwei ineinandergehende Zimmer hatten: ein Schlafzimmer und ein zweites Zimmer, aus dem das Bett entfernt worden war und das uns als Wohnzimmer diente.

Als ich diesmal in den Krieg zog, stand jemand auf dem Bahnsteig und winkte mir mit dem Taschentuch.

4

Man hat es »la drôle de guerre« genannt. Ich befand mich wieder in Hondschoote, mit denselben Männern, in denselben Kneipen, in denen es nach Bier und Genever roch, und auf der anderen Seite der Grenze stand der rothaarige Zollbeamte, der uns vor einem Jahr zugejubelt hatte, daß Frieden sei. Belgien lag noch nicht im Krieg, und wir durften nicht über den schwarz-gelb-roten Schlagbaum, an dem Soldaten lehnten und mit den Mädchen schäkerten.

Die Wochen verstrichen in düsterem Abwarten. Auf beiden Seiten der Maginot-Linie lagen sich die feindlichen Truppen gegenüber und tauschten durch Lautsprecher Aufschneidereien und Witzeleien aus.

Erst bei meinem zweiten Urlaub, als ich Deine Mutter an der Gare du Nord stehen sah, wo sie mich erwartete, habe ich, noch bevor ich den Waggon verließ, gemerkt, daß sie schwanger war.

Ich weiß nicht, was für ein Gesicht ich machte. Sie trug einen braunen Mantel, den ich an ihr kannte, und sie konnte bereits nicht mehr alle Knöpfe zumachen.

Wir haben uns wortlos umarmt, dann, nach einem Schweigen, hat sie mich inmitten des Geschiebes der Menge besorgt gefragt:

»Bist du böse?«

Ich habe ihr die kalte Hand gedrückt und den Kopf

geschüttelt. Heute kann ich Dir gestehen, daß ich nicht wußte, was ich ihr antworten sollte. Ich war verwirrt, vermutlich bewegt, aber zweifellos nicht so, wie ich es hätte sein sollen. Die Überraschung überwog. Ich hatte sie zwar geheiratet und mußte daher darauf gefaßt sein, daß das kommen würde. Aber so seltsam es Dir erscheinen mag, daran gedacht hatte ich nicht, und ich weiß nicht, ob sie nicht ebenso erstaunt war wie ich.

Merkwürdigerweise war auch mein erster Gedanke: ›Ich werde also einen Sohn haben.‹

Warum einen Sohn und nicht eine Tochter? Ich weiß es nicht. Wir haben meine drei Urlaubstage am Quai des Grands-Augustins verbracht, ausgenommen die wenigen Stunden, die ich mich in der Rue Laffitte aufhielt, wo das Leben in den Büros wie gewohnt weiterging.

Gestern und vorgestern habe ich nichts geschrieben, obwohl ich mich etliche Stunden in meiner »Rumpelkammer« eingeschlossen hatte, um über dieses Ereignis nachzudenken. Etwas ließ mir einfach keine Ruhe. Ich wollte Ordnung in meine Gedanken bringen, bevor ich Dir davon erzählte, doch es ist mir nicht gelungen. Ich habe die letzten Seiten wieder gelesen, die von den Wochen in Cannes handeln, und bin alles andere als stolz auf mich.

Es sieht so aus, nicht wahr, daß ich alles auf Deine Mutter schiebe und meine Seite beschönige? Es stimmt, ich gebe es zu. Es ist mir klargeworden, als ich mir die Szene am Bahnsteig wieder ins Gedächtnis rief und meine Reaktionen während der darauf folgenden Tage und Wochen.

Weißt Du, was hauptsächlich meine Reaktion war? Ich dachte: ›So werde ich also von jetzt an meinerseits einen Zeugen haben.‹

Oder genauer gesagt, einen Richter. Denn als Kind und dann als junger Mann habe ich das Leben meiner Eltern mit den Augen eines Richters betrachtet, und ich schloß daraus, ob nun zu Recht oder zu Unrecht, daß das immer so sei. Daher habe ich Dich immer mit einer gewissen Ängstlichkeit beobachtet, und das ist auch der Grund, warum ich diesen stotternden Bericht anfertigen wollte.

Es fielen mir Sätze ein, die ich einmal gehört oder gelesen hatte, vor allem einer: *Wir leben in unseren Kindern weiter.*

Irgendwo habe ich auch gelesen, daß wir nach unserem Tod noch etwa hundert Jahre weiterleben, so lange ungefähr, bis auch die verschwinden, die uns gekannt haben, und die, die noch von uns gehört haben.

Danach wird man vergessen oder zur Legende.

Hast Du in der Schule, wie ich zu meiner Zeit, die Verse von Béranger gehört, die immer noch in mir nachklingen?

Hat er hier gesessen, Großmutter?
Ja, hier hat er gesessen.

Es ging um Napoleon, den die Großmutter noch mit eigenen Augen gesehen hat, als sie ein Kind war. Für das nächste Kind, das ihr zuhört, ist der Kaiser noch fast lebendig, beinahe zum Anfassen. Das ist die dritte Generation.

Danach gibt es nur noch das Grabmal im Invalidendom und eine farbenprächtige Legende.

Hundert Jahre. Drei Generationen. Hör Dich um, frag Deine Freunde, und Du wirst sehen, daß diese drei Generationen, bis auf wenige Ausnahmen, die Grenze des Überlebens sind.

Und dieses Überleben hängt vom ersten Zeugnis ab, *es hängt vom Sohn ab*.

Ich würde also einen haben, der zuschauen würde, wie ich lebe, und seinen Kindern das Bild übermitteln würde, das sich ihm eingeprägt hat.

Auch Deine Mutter war eine Zeugin, gewiß, vielleicht auch eine Richterin. Doch ich war und bleibe auch ihr Richter. Wir befinden uns auf gleicher Ebene. Sie kennt meine Schwächen, ich kenne ihre. Und sie hat meinen Körper nackt und geschwächt auf einem Krankenhausbett kennengelernt.

Heute frage ich mich – ohne allerdings eine Antwort zu erwarten –, ob ich sie sonst geheiratet hätte. Wie du siehst, ist es besser, Dir diese Blätter erst dann zu lesen zu geben, wenn Du ein reifer Mann bist, sofern es Reife bei der Spezies Mensch überhaupt geben kann.

Natürlich war ich mir in den sechzehn Jahren, die wir zusammenleben, Du und ich, nicht immer dessen bewußt, welche Figur ich für Dich abgebe habe, welches Bild eines Tages von mir übrigbleiben wird. Ich habe aber auch nie wieder das Gefühl gehabt, daß mein Tun und Lassen ohne jede Bedeutung ist.

Du bist am Quai des Grands-Augustins geboren, um zwei Uhr morgens, und das Zimmermädchen des Hotels hatte alle erdenkliche Mühe, eine Hebamme aufzutreiben, denn die »drôle de guerre« war vorüber, der wirkliche Krieg ausgebrochen, und wir kämpften, nicht in Hondschoote, sondern bereits weit hinter den Linien, und Paris, von Panik ergriffen, begann sich zu leeren.

Als Soldat bin ich weder ein Held noch ein Feigling gewesen. Ich habe meine Aufgabe so gut wie möglich erfüllt. Dennoch kam der Augenblick, wo ich meinen Männern nicht mehr in den Kampf vorauslief, sondern dem fast völlig entwaffneten Haufen hinterher, zum südlichen Lauf der Seine, dann der Loire.

Zivilbevölkerung und Militärs hatten sich schließlich zu einer ungeordneten Kolonne vereinigt, über die hin und wieder feindliche Flugzeuge flogen, welche sich einen Spaß daraus machten, fast bis auf unsere Köpfe herunterzukommen und einige Maschinengewehrsalven abzufeuern.

Ich wußte, daß Du bald geboren werden solltest, doch von Deiner Geburt erfahren habe ich erst zwei Monate später, als ich in einem Zivilanzug, den ich in Angoulême gekauft hatte, nach Paris zurückkehrte.

Dein Leben in unseren beiden Hotelzimmern war bereits organisiert: die Wiege, die Babywäsche, die faltbare Gummibadewanne, die Fläschchen, die Kondensmilch, und Deine Mutter trug ihre Krankenschwesterntracht.

Ich bin weder an der Front gefallen noch verwundet worden noch in Gefangenschaft geraten. Ich brauchte nach diesem Zwischenspiel, das für so viele tragisch ausging, nur in mein Büro zurückzukehren und mein Alltagsleben wieder aufzunehmen.

Es gab Lücken in der Rue Laffitte, vor allem unter dem Direktionspersonal, zu dem auch etliche Juden zählten. Sie hatten Paris schon vor dem Einmarsch der Hitlertruppen verlassen und sich in die freie Zone geflüchtet, und einige waren bereits in England oder Amerika.

Auf diese Weise rückte ich, wie ein Bauer auf einem Schachbrett, zwei Felder vor. Einer meiner Chefs überließ uns vorübergehend seine Wohnung in der Avenue du Parc-Montsouris. Er hieß Levy, wollte in Portugal seine Einschiffung nach New York abwarten und wußte lieber uns in seinen Räumen als die Deutschen.

Wir wohnten dort den Krieg über und noch ein Jahr danach, denn Levy kam erst 1946 zurück. Es war Dein erstes Zuhause, und Du hast als erstes eine Atmosphäre kennengelernt, die nicht die unsere war, sondern die von fremden Leuten.

Ich erinnere mich, daß ich, als Du zwei Jahre alt warst und anfingst, die Welt um Dich herum zu entdecken, darüber verärgert war.

Wozu wären diese Seiten gut, würde ich nicht vollkommen aufrichtig sein? Du hast von den schlechten Zeiten reden hören. Deine Mutter rieb sich auf in der endlosen Jagd nach Lebensmitteln. Wir hatten nicht genug zum Heizen, manchmal kein Licht. Menschen wurden gefoltert oder erschossen. Väter wurden ihren Familien entrissen, Kinder wurden umgebracht.

Ich litt unter alledem, gewiß, aber vielleicht doch weniger – auch wenn Du mich verurteilst, es war nun einmal so – als darunter, Dich in einer fremden Umgebung aufwachsen zu sehen. Nichts gehörte uns oder entsprach unserer Art, und die Porträts an den Wänden waren die einer unbekannten Familie. Da gab es Onkel und Tanten und Großväter, die nichts mit uns verband und gegen die ich eine Abneigung empfand.

Die Wohnung war sehr groß und luxuriöser als die, die ich mir damals unter normalen Bedingungen hätte leisten können. Drei große Schlafzimmer, überreich möbliert, überall lagen Perserteppiche, und im Eßzimmer konnte man für gut zwanzig Personen aufdecken.

»Vorsicht mit dem Sessel, Jean-Paul! Er gehört uns nicht!«

Nichts gehörte uns, außer Deinen paar Kindermöbeln, und nach dem Krieg bemühten wir uns, die Wohnung wieder in den Zustand zu bringen, in dem wir sie vorgefunden hatten. Ich habe nicht einmal das Papier angerührt, das sich in den Schreibtischschubladen befand!

Wir hatten ein Dienstmädchen, Fernande, Du erinnerst Dich sicher an sie. Sie hat uns später verlassen, um einen Elektriker zu heiraten. Fast alle Nachmittage hat sie auf einer Parkbank zugebracht und auf Dich aufgepaßt, denn Deine Mutter war beschäftigt wie nie mehr in ihrem Leben.

Wundert es Dich, wenn ich Dir sage, daß es für sie die besten Jahre unseres gemeinsamen Lebens waren?

Im Büro haben wir kaum etwas vom Krieg gemerkt, denn die Arbeit dort ging weiter wie zuvor, nur mit dem Unterschied, daß wir es mit anderen Problemen zu tun hatten und die Belegschaft ein gutes Drittel kleiner war.

Du wärst erstaunt, würdest Du den Krieg und die Besatzungszeit vom Standpunkt eines Versicherungsfachmanns aus sehen, das heißt reduziert auf Formulare und Zahlen, wie es für mich der Fall war. Gewaltsame Todesfälle, Erfrierungstode, weil es keine oder zu wenig Heizmöglichkeiten gab, Deportationen, Brandstiftung mit ungewöhnlichen Ursachen, Unfälle, die unserer Polizei von damals unbekannt waren, all das erstarrte in meinem Büro zu Gleichungen.

Deine Mutter erlebte einen anderen Krieg, den wirklichen Krieg, vor allem den einer Familienmutter, der die Aufgabe zufällt, für die Ihren Nahrung zu beschaffen, was für sie kräfteverzehrende Wanderungen über Land und demütigendes Feilschen bedeutete.

Mehrere Wochen lang hat sie ohne mein Wissen auch noch einen anderen Krieg erlebt. Als ich eines Abends aus dem Büro heimkam und Dich in die Arme nahm, hat sie mich eindringlich angesehen, als wolle sie mir etwas sagen, und verstohlen, damit Du es nicht merkst, einen Finger auf den Mund gelegt.

Danach zog sie mich in den Salon, den wir nicht benutzten, weil man ihn nicht heizen konnte, und sagte leise:

»Geh nicht in das grüne Zimmer.«

Es war ein unbewohntes Zimmer, und ich hatte keinerlei Grund, es zu betreten. Ich sah sie überrascht an und wartete auf eine Erklärung.

»Es ist jemand drin. Es ist besser, wenn Jean-Paul es nicht weiß.«

Ich fragte ganz naiv:

»Wer ist es?«

»Ein Mann, der sich für ein paar Tage verstecken muß.«

Wir hatten einige »Untermieter« dieser Art, die bei uns eine Nacht oder eine Woche verbrachten, und nur durch Zufall habe ich einmal einen zu Gesicht bekommen; er machte schnell die Tür hinter sich zu.

»Es ist besser, wenn du nichts weißt, so kannst du mit gutem Gewissen leugnen.«

»Und Fernande?«

»Sie wird nichts sagen. Ich gebe ihr Geld, und mehr interessiert sie nicht.«

Deine Mutter hat einige Reisen gemacht, über die ich nur andeutungsweise etwas erfuhr, und ich erinnere mich, wie es Dich aufbrachte, als Du drei Jahre alt warst.

»Warum habe ich eine Mama, die so oft weg ist?«

Sie war nicht mißtrauisch mir gegenüber, davon bin ich überzeugt. Und ich glaube, daß es ihr tatsächlich lieber war, daß ich möglichst wenig wußte, um das Risiko gering zu halten, denn die Folterungen hatten begonnen, und man ging mit eingezogenen Schultern durch die Rue des Saussaies.

Trotz allem hatte sie während dieser Jahre ein passendes Betätigungsfeld für sich gefunden, *unabhängig von mir,* und das ist der Grund, warum ich Dir sagte, daß es für sie wahrscheinlich die besten Jahre ihres Lebens waren.

Jeder von uns braucht das Gefühl, wichtig zu sein, und das gilt auch für den einfachsten Mann wie für die einfachste Frau. Ist es nicht zum Teil eine der Ursachen für die Übel unserer Zeit, daß sich keiner mehr einbilden kann, er sei etwas wert? Ein Handwerker ist stolz auf sein berufliches Geschick, eine Familienmutter auf dem Land ist überzeugt, daß sie im Dorf die beste Suppe kocht, während der Fabrikarbeiter oder der Büroangestellte, die austauschbar sind, höchstens außerhalb ihres Berufs einen Grund finden können, mit sich selbst zufrieden zu sein.

Das erklärt auch, warum Dein Großvater in der zweiten Hälfte seines Lebens jeden Abend Bridge spielen ging, und ich möchte wetten, daß sich jeder seiner drei Partner, wie er auch, für den besten Spieler der Gruppe hielt.

Das sind Banalitäten, ich weiß. Es klingt nach Abendschule, erklärt aber doch das Verhalten Deiner Mutter, wenigstens in meinen Augen.

Sie hat Deportation, Folter, den Tod riskiert. Dank ihr konnten einige Menschen die Aufgabe erfüllen, die sie zu erfüllen hatten.

Man hat ihr 1945 eine öffentliche Auszeichnung verliehen, und das ist gut so.

Wir haben dabei jedoch ich eine Frau, Du eine Mutter verloren.

Verzeih! Das stimmt nicht. Der Krieg hat nichts geändert, weder für sie noch für uns. Er hat nur den Zeitpunkt, in dem sie ihr eigenes Leben lebte, um zwei bis drei Jahre vorverschoben. Sie hat einen Tätigkeitsdrang, den wir nicht stillen können. Ein Familienleben wie das unsere, in einer Wohnung, bedrückt sie, es ist ihr ebenso unerträglich wie Leuten, die an einer Klaustrophobie leiden, der Gang in einen dunklen Keller oder durch einen Tunnel.

Ich fühle mich nicht wohl, wenn ich mit anderen Leuten zusammen bin, ich ziehe mich zurück. Als junger Mann kostete es mich große Anstrengung, nicht rot zu werden oder zu stottern. Für Deine Mutter jedoch ist dieser Kontakt so notwendig wie die Luft zum Atmen, auf der Straße oder mitten unter fremden Menschen. Alles in ihr drängt nach persönlichem Einsatz, zu dem wir offenbar keinen Anlaß bieten.

Wann sind wir einander fremd geworden? Ich sage fremd und nicht feind, denn abgesehen von einigen unvermeidlichen Zwischenfällen sind wir gute Kameraden geblieben.

Eigentlich gibt es keinen genauen Zeitpunkt. Wir waren nie ein Paar gewesen. Wir haben uns geirrt, als wir dachten, etwas wie eine Freundschaft könnte eine ausreichende Basis für ein gemeinsames Leben bilden, und diesen Irrtum haben wir in Cannes in einer unbeständigen Urlaubsstimmung begangen.

Ich bin ihr nicht böse, und sie mir wohl auch nicht. Vielleicht hätten wir auch dann weiter zusammengelebt, wenn Du nicht geboren wärst.

Wie viele Freunde bleiben einem über die Jahre? Zuerst gibt es die Schulfreunde, dann die vom Studium, dann die der Anfänge im Büro, bei Gericht oder in einem bestimmten Zirkel, die Freunde der Lebensmitte und die des Alters. Man legt eine bestimmte Wegstrecke zusammen zurück, und an jeder Weggabelung verliert man Kameraden, die eine andere Richtung nehmen, um neue zu finden, die von woandersher kommen.

Ich kenne wenige unter meinen Bekannten, die

zwanzig oder dreißig Jahre lang miteinander befreundet waren, wobei ich nicht von Leuten rede, die sich zufällig einmal alle zwei Jahre treffen, auf die Schulter klopfen und duzen.

Der, dessen Neigungen vor zehn Jahren den meinen entsprochen haben, hat sich weiterentwickelt, ich habe mich meinerseits weiterentwickelt, und so haben sich die Männer, die wir geworden sind, nichts mehr zu sagen.

Man trifft seine Freunde auch nur in bestimmten Momenten, wenn einem danach ist. Keiner wird gern in Stunden der Schwäche oder der Mutlosigkeit überrascht.

Ist es mit einem Menschen des anderen Geschlechts womöglich anders? Ich habe daran geglaubt, und ich glaube auch jetzt noch daran, obwohl es mir aufgrund des Dramas von 1928 nicht vergönnt war, diese Erfahrung zu machen. Dazu gehört Liebe, ist Liebe unabdingbar, das heißt, daß jeder von beiden von einem bestimmten Augenblick an aufhört, ausschließlich er selbst zu sein, um Teil eines neuen Ganzen zu werden.

Ich werde Dir noch mehr von meinem Vater und meiner Mutter erzählen, die sich wohl wirklich sehr geliebt haben, so sehr, daß mein Vater nach dem Tod seiner Frau nicht weiterleben wollte. Dazu ist es allerdings noch zu früh. Ich muß erst mit meiner Generation abschließen, mit Deiner Mutter und mir. Da ich den Anfang gemacht habe, ohne zu wissen, wie weit das alles führen würde, muß ich nun bis zum Ende gehen.

Bin ich ein schwacher Mensch? Sieht mich Deine Mutter als einen solchen an, weil ich mich in mich selbst zurückziehe? Wenn ja, dann bin ich nie einem starken Menschen begegnet. Denn was sie für ihre Energie hält, ist im Grunde ihre Art, der Realität zu entfliehen.

Meine Mutter hat sich in eine Art Leere geflüchtet, in einen einförmigen Wachtraum, der vierzig Jahre lang gedauert hat, mein Vater in die Erfüllung, das Aufsichnehmen dessen, was er als seine Pflicht erachtete.

Meine »Rumpelkammer« ist mein Zufluchtsort, und darunter verstehe ich nicht nur das Arbeitszimmer, in dem Du mich verschwinden siehst.

Deine Mutter flüchtet sich in Aktivitäten ohne Ende, und wenn ich ohne Ende sage, so deshalb, weil sie kein Ziel hat, oder, noch genauer, wenn das Ziel erreicht ist, steckt sich Deine Mutter sofort ein neues.

Bei unseren Freunden gilt sie bestimmt als ehrgeizig, und in gewissem Sinne ist sie das auch. Es gibt keine englischen Flieger und keine Leute von der Résistance mehr zu verstecken, keine Nachrichten mehr zu übermitteln. Und sie hat nicht wie meine Schwester die Lust am Schreiben entdeckt.

Eine Wohnung zu besitzen wie die in der Avenue Mac-Mahon und sie nach ihrem Geschmack einzurichten, war ihr erster Ehrgeiz gewesen, alsbald gefolgt von dem, darin Leute aus einem bestimmten Milieu zu empfangen, denn sie hat die Kaserne in Nizza, in der sie ihre Kindheit verbracht hat, und die niedere Herkunft ihrer Eltern nicht vergessen.

Sie setzt ihren Weg nach oben fort, und Du wirst sie enttäuschen, wenn Du nicht Deinerseits einige Stufen höher hinauf kletterst.

Der Nerzmantel ist nur ein Totem, wie einst der Biber, unser Wagen und der erste Diamant.

Wenn wir uns geliebt hätten, anstatt nur das Wagnis einzugehen, uns zusammenzutun, weil wir beide ungebunden waren, hätte sie sich dann vielleicht damit zufriedengegeben, meine Frau und Deine Mutter zu sein?

Wir können es ihr alle beide nicht verübeln, daß sie anderswo sucht, was wir ihr nicht geben können.

Verzeih mir, mein Sohn. Ich mußte das einfach sagen. Ich hoffe, ich habe Dir damit nicht weh getan.

Abends vor dem Weiterschreiben habe ich die letzten Seiten noch einmal durchgelesen und hätte beinahe alles zerrissen, so unwohl war mir dabei. Ich hatte ein schlechtes Gewissen. Dann aber habe ich mich mit mir versöhnt, indem ich mir sagte – was zum Teil ja auch stimmt –, daß ich mehr für mich als für Dich schreibe und daß ich, wenn ich meinen Bericht beendet habe, vor dem Kamin sitzen und zusehen werde, wie er verbrennt.

Soll ich, oder soll ich nicht? Wir werden sehen.

Während ich hier über diese Blätter gebeugt sitze, befindet sich Deine Mutter im Theater, in der Loge eines Botschafters. Sein Sohn, fünfundzwanzig Jahre alt und ein brillanter junger Mann, dient ihr gelegentlich als Kavalier. Ich bin nicht eifersüchtig, aber daß ich Hintergedanken habe, kann man daraus erkennen, daß ich es erwähne.

Deine Mutter sieht mit ihren achtundvierzig Jahren viel jünger aus, als sie ist. Das verdankt sie ihrem lebhaften Wesen und den sprühenden Augen, um die die jungen Mädchen sie beneiden. Anstatt zu verfallen, wie viele Frauen ihres Alters, ist sie fülliger und wohl auch begehrenswerter geworden, zumal sie sich sehr vorteilhaft zu kleiden weiß. Zudem hat sie den typischen Charme der reifen Pariserin, die in ihrem Leben schon viel gesehen und erfahren, deshalb aber nicht den Geschmack daran verloren hat, sondern sich im Gegenteil leidenschaftlich hineinstürzt.

Das ist auch bei der Mutter Deines Freundes Zapos der Fall, die, obwohl weit über vierzig, für zehntausende von Männern weiterhin das weibliche Idealbild verkörpert.

Hat diese hektische Betriebsamkeit, diese Flucht nach vorn, Deine Mutter befriedigt, und wird das so bleiben? Wenn ja, dann bin ich und ich allein der Grund dafür, das sage ich Dir ganz offen und ohne es weiter ausführen zu müssen.

Wir gehen auf Weihnachten zu, und die Stadt wird von einer Art Fieber ergriffen, von dem sich auch diejenigen anstecken lassen, die sonst dagegen immun sind. Riesige Leuchtreklamen blinken an den Fassaden der Warenhäuser auf, in den Schaufenstern glitzert es noch verheißungsvoller als sonst, die Auslagen sind noch verlockender, die Leute wirken fröhlicher. Im Büro spricht alles nur noch von den Geschenken und vom großen Fest. Die damit einhergehende wahrscheinliche Anzahl von Unfällen, Verbrechen und Selbstmorden habe ich bereits ausgerechnet.

Obwohl wir nicht religiös sind, werden wir Weihnachten feiern wie alle anderen auch, mit einem Tannenbaum, einer bescheidenen Tanne für Erwachsene, nachdem Du inzwischen aus dem Alter der buntschillernden Tannenbäume und der elektrischen Eisenbahnen heraus bist.

Du hast Dir ein Moped gewünscht, Du wirst es bekommen. Ich habe es heute nachmittag nach Büroschluß gekauft, es wird am 24. Dezember geliefert.

Deine Mutter wird zu ihrem Collier passende Diamantohrringe bekommen.

Damals, 1928, stand in La Rochelle auch Weihnachten vor der Tür, doch bei den Lefrançois wurde dieses Jahr kein großes Fest gefeiert.

Ich habe heute das Geschenk der Versicherung in Empfang genommen. Diesmal war es allerdings nicht ein Umschlag mit einem Bonus und auch nicht die traditionelle Kiste Zigarren. Ich mußte, ohne es zu wollen, eine Unredlichkeit begehen, fast einen Vertrauensbruch, und das verdirbt mir die Freude.

Hätte ich mich sonst gefreut? Mag sein. Ungefähr um drei Uhr wurde mir mitgeteilt, der Generaldirektor erwarte mich in seinem Büro. Er ist ein wichtiger und gefürchteter Mann bei uns, der über das Schicksal Tausender von Angestellten und Inspektoren entscheidet. Er hat in einer Schreibtischschublade, in seinem Anzug und in seiner Manteltasche stets Tabletten auf Vorrat, denn er kann jede Minute eine Thrombose bekommen.

In den großen Restaurants, bei offiziellen Diners und Banketten, haben die Oberkellner Anweisung, ihm magere Kost zu servieren, die er mit verdrossener Miene verzehrt.

Ich bin wahrscheinlich nicht der einzige, der ihn beobachtet hat und ahnt, warum er einen Schnurrbart trägt. Damit möchte er den Abstand zwischen Nase und Oberlippe verkürzen und so die Weichheit seiner Züge überspielen. Ohne den Schnurrbart würde er gutmütig-harmlos, wenn nicht gar ängstlich aussehen.

»Setzen Sie sich, Monsieur Lefrançois.«

In seinem Büro hängen die in Öl gemalten Porträts seiner Vorgänger, und eines Tages, wenn er nicht mehr ist, wird auch das seine dort hängen. Seine Hände mit den vereinzelten Sommersprossen sind so bleich, daß es mir peinlich ist, sie anzusehen.

»Ich gehe wohl nicht fehl in der Annahme«, begann er mit einem nachhaltigen Blick auf meinen Rockaufschlag, »daß Sie noch nicht in der Ehrenlegion sind?«

Ich schüttelte den Kopf.

»Nun gut! Wenn Sie erlauben, wird dieses bedauerliche Versäumnis korrigiert werden. Vielleicht gelingt uns die Ernennung noch rechtzeitig zum Jahresende. Das ist dann mein Weihnachtsgeschenk. Ich war gerade eben mit dem Finanzminister essen. Wie durch ein Wunder sind ihm ein paar Kreuze übriggeblieben, und er hat mich gefragt, ob ich jemanden kenne, der ihrer würdig wäre. Wir haben zusammen studiert und sind über unsere Frauen weitläufig verwandt. Die übliche Prozedur kann Ihnen erspart werden. Ich möchte Sie lediglich bitten, dieses Formular auszufüllen.«

Ein vorgedrucktes Blatt mit leeren Zeilen für die Antworten lag auf dem Rand seines Schreibtischs bereit.

»Bitte schicken Sie das Formular nachher zu mir herunter. Herzlichen Glückwunsch.«

Er selbst trägt die Abzeichen eines hohen Offiziers

der Ehrenlegion. Glaubt er daran? Glaubt der Justizminister daran? Seitdem ich in der Hierarchie ziemlich weit nach oben gelangt bin, nehme ich manchmal – am Ende der Tafel – an Essen wie dem von ihm erwähnten teil. Ich kann mir vorstellen, wie der Minister unvermittelt sagt:

»Hör mal, Henri! Stell dir vor, ich habe noch einige Kreuze übrig, so ungewöhnlich das erscheinen mag. Wir wollten dieses Jahr sparsam damit umgehen, und nun haben wir welche überzählig. Kann dir das von Nutzen sein?«

Unser Generaldirektor ist bestimmt in Gedanken die Belegschaft durchgegangen.

»Unser Versicherungsaktuar, dem würde es vermutlich schmeicheln.«

Hat er auch meinen Namen ausgesprochen, und hat der Minister daraufhin die Stirn gerunzelt? Hat er gefragt:

»Verwandt mit Philippe Lefrançois?«

Sie sind beide alt genug, um unsere Geschichte damals mitbekommen zu haben. Trotzdem, ein Hindernis stellt sie nicht dar, denn offiziell war ich ja nie in die Affäre verwickelt.

Dennoch war ich gezwungen, eine Falschaussage zu unterschreiben. Seitdem ein Journalist vor zwanzig Jahren die Aufnahme in die Ehrenlegion, die man ihm angetragen hatte, verächtlich abgewiesen hat, ist die Regierung vorsichtig und verlangt, daß jeder zukünftige Legionär ein Formular ausfüllt, das als Bewerbungsunterlage gilt.

Da habe ich mich also heute nachmittag nicht nur

um eine Auszeichnung beworben, an die ich nie gedacht hatte und die man mir angeboten hat, ich mußte auch auf Ehre bescheinigen, daß ich nie verurteilt worden bin.

Vom juristischen Standpunkt her habe ich nicht gelogen. Für mich ist es trotzdem ein Betrug, denn ich hätte verurteilt werden müssen.

Ich war streng genug gegen andere gewesen, um es auch gegen mich zu sein. Die Auszeichnung freut mich, aus denselben Gründen, wie mich die Weihnachtsvorbereitungen in Hochstimmung versetzen und wie ich gerührt die Geranie von Mademoiselle Augustine betrachte und wie ich trotz der Einwände Deines Onkels darauf bestanden habe, meinen Vater kirchlich zu bestatten.

Ich bin weder gläubig noch patriotisch. Trotzdem möchte ich die Feste dieser Art nicht missen, so wie ich auch Trachten und Spezialitätengerichte mag. Eine vorbeiziehende Militärkapelle läßt auch mir das Herz höher schlagen. Wenn sonntagmorgens die Glocken von Saint-Ferdinand läuten, beneide ich manchmal unsere Emilie, die sich sonntäglich herausputzt, um zur Messe zu gehen.

Jedenfalls weißt Du jetzt, daß wir zum Jahresende einen Empfang geben werden, um mit ein paar Dutzend Gästen meine Aufnahme in die Ehrenlegion zu feiern. Désiré, vom Partyservice Potel und Chabot, wird wieder dastehen, mit seinem großen zusammenklappbaren Tisch, seinen Champagnerkisten mit Gläsern und seinen Körben voller Petits fours. Als Kind hast Du Désiré Deinen großen Freund genannt, weil er

Dir von Zeit zu Zeit Leckereien auf Dein Zimmer brachte, einmal sogar einen Schluck Champagner, den Du als »Soda für die Erwachsenen« bezeichnet hast. Diesmal wirst Du mit uns feiern, Du wirst nicht wissen, wohin mit Deinem langen Körper, und aus undurchdringlichen Augen uns alle beobachten, vor allem mich.

Wirst Du es lächerlich finden, wenn ich meinen Paten umarme – denn ich werde einen Paten haben, wie bei einer Taufe, wahrscheinlich meinen Generaldirektor – und wenn ich in möglichst ungerührtem Tonfall meine Dankesrede halte?

Deine Mutter, die ebenfalls viel auf Traditionen gibt, nur nicht auf dieselben, hat Dir als Kind einen Neujahrsglückwunsch beigebracht, den Du dann mit anklagendem Blick aufsagtest, als hätten wir Dich zutiefst erniedrigt.

Dein Onkel Vachet ist nur wenig älter als ich und bereits Offizier der Ehrenlegion. Er hat allerdings nicht damit gerechnet, das Kreuz angetragen zu bekommen. Man spricht von ihm als von einem zukünftigen Mitglied der Akademie, nicht in nächster Zukunft, aber in vier bis fünf Jahren. Er hat seinen Aufstieg systematisch betrieben, geradezu wissenschaftlich, er hat nichts dem Zufall überlassen und immer vorher gewußt, welchen Weg er nach jeder Etappe einschlagen würde.

Es sind nicht seine Romane, die berühmt sind. Er ist es. Er hat dafür mit sicherer Hand das Nötige getan. Nur ein einziges Mal hätte er beinahe die falschen Karten in der Hand gehabt, und dafür wird er mir ewig böse sein: Das war, als er noch einfacher Angestellter in der Präfektur und frisch mit meiner Schwester verheiratet war und mit unserer Familie in der Präfektenwohnung unter einem Dach lebte.

Auch er kam von ganz unten; sein Vater war Polizist und seine Mutter Schneiderin. Die Vachets wohnten in Fétilly, einem Vorort von La Rochelle mit kleinen Häusern, die alle gleich aussahen und von Arbeitern, Angestellten, Volksschullehrern und Eisenbahnern bewohnt wurden, nicht zu vergessen die alten Fräuleins, die Klavier- und musikalischen Elementarunterricht gaben. Ich erinnere mich, wie an warmen Sommerabenden die Männer ihre Gemüserabatten umgruben und die Frauen über die Gartenhecken hinweg miteinander plauderten.

Ich will nichts Abfälliges über die kleinen Leute sagen, ganz im Gegenteil. Ich beneide sie eher. Dennoch erkennt man die meisten, die aus dieser Schicht kommen, an ihrer Aggressivität. Sie steigen nicht auf, um aufzusteigen, sondern um sich für etwas zu rächen und wie um ihrer Kindheit abzuschwören.

Ich habe mich schon öfter gefragt, ob Deine Mutter mit einem Mann wie Vachet nicht glücklicher geworden wäre. Sie hätten sich aneinander emporgehangelt, und sie hätte sich nicht damit zufriedengeben müssen, ihm beizustehen, seine Gefährtin zu sein, sondern hätte sich an seiner Seite gierig in das Pariser Leben stürzen können.

Ich mache mir keine Illusionen. Man ist nicht die Gefährtin eines Mannes, wie ich einer bin. Ich hätte mir eine Frau aussuchen sollen, die zufrieden damit gewesen wäre, meinem Haushalt vorzustehen und für mich zu kochen, eine Frau wie Madame Tremblay zum Beispiel. Aber mache ich mir da nicht wieder etwas vor? Sind solche Ehen je glücklich?

Und hätte Deine Mutter nicht auch in einer Ehe mit Vachet irgendwann den Wunsch verspürt, ein eigenes Leben zu führen, und das Joch abgeschüttelt?

Heute abend sitzen sie in derselben Generalprobe, und sicher begegnen sie sich während der Pause in den Gängen.

»Ist Alain nicht mitgekommen?«

»Du kennst doch Alain! Bis er nach dem Essen noch mal weggeht...«

Wir beide sind allein in der Wohnung. Nur in Deinem Zimmer und in meinem Büro brennt Licht. Wie ich sitzt Du an Deinem Tisch. Du lernst, und eben habe ich gehört, wie Du Dir eine Limonade aus dem Kühlschrank geholt hast. Aus der Zeit, die Du in der Küche verbracht hast, habe ich geschlossen, daß Du noch etwas Eßbares gefunden hast, kaltes Fleisch oder Pastete.

Ich habe mich gefragt, ob Du vielleicht kurz zu mir hereinkommst, denn Du mußt ja das Licht unter meiner Tür gesehen haben. Andererseits hat man Dir oft genug gesagt, Du dürfest mich bei der Arbeit nicht stören. Ich komme wohl nachher, wenn ich genug vom Schreiben habe, ein Weilchen zu Dir und setze mich bei Dir auf den Bettrand.

Ich fühle mich nicht recht wohl heute abend und versuche mit meinem Geschreibsel den Augenblick hinauszuzögern, in dem ich Dir endlich von den Ereignissen erzähle, deretwegen ich diesen Bericht begonnen habe.

Eine kleine Geschichte muß ich Dir vorher noch erzählen, auf die Gefahr hin, daß Du denkst, ich würde Deine Mutter andauernd nur anschwärzen. Du warst in der fünften Klasse. Bis dahin warst Du in der Schule fast immer Klassenerster gewesen, selten einmal zweiter, und Du bekamst jedes Jahr zum Schulzeugnis ein Geschenk von uns.

War es, weil ich mich so lebhaft an meine eigene Kindheit erinnert fühlte, daß ich in diesem Jahr von den ersten Monaten an eine gewisse Unentschlossenheit an Dir bemerkte? Du hattest unbewußt das Bedürfnis nach einer Entspannung. Oder hattest Du andere Dinge entdeckt, die Dich mehr interessierten als das Lernen?

Im Sommer davor hattest Du in Arcachon ein paar Jungens kennengelernt, die ein Paddelboot besaßen, und wolltest zu Weihnachten auch eines haben, worauf Deine Mutter, durchaus vernünftig, antwortete:

»Wir machen Dir doch kein Weihnachtsgeschenk, das du erst ein halbes Jahr später benutzen kannst. Und wo sollen wir es denn hintun, dein Paddelboot? Sei fleißig, und es wird dein Geschenk zum Schuljahrsende.«

Fleißig sein hieß für Deine Mutter, der Erste oder Zweite zu sein, sie war bei Dir schließlich nichts anderes gewöhnt. Ende Mai bin ich in die Avenue de la Grande-Armée gegangen, um mir Paddelboote anzusehen; und um sicherzugehen, daß es das richtige ist, habe ich Dich eines Tages dorthin mitgenommen.

»Welches würde dir denn gefallen?«

Du hast mir eins aus Duraluminium gezeigt. Ich

merkte wohl, daß Du nicht sonderlich begeistert warst, verlor aber kein Wort darüber. Die letzten zwei Schulwochen wirktest Du bedrückt, in Dich gekehrt, wie immer, wenn Du etwas auf dem Herzen hast, doch kam ich nicht dahinter, warum.

»Ich werde bestimmt nicht Klassenerster«, erklärtest Du eines Abends bei Tisch, »ich habe meine Lateinübersetzung verhauen.«

Deine Mutter erwiderte:

»Ich hab dir ja gesagt, daß du nicht genug arbeitest.«

Mittlerweile hatte ich das Paddelboot schon gekauft. Ich hatte es im Geschäft gelassen und gesagt, ich würde telefonisch mitteilen, wohin und wann es geliefert werden sollte.

Bei der Preisverteilung – ich war wie immer einer der wenigen anwesenden Väter – warst Du weder der Erste noch der Zweite, sondern Sechster.

Ich sehe uns noch alle drei schweigend aus dem Lycée Carnot kommen. Ich hätte Dir in diesem Augenblick gern die Hand gedrückt, um Dich aufzumuntern. Deine Mutter schwieg den ganzen Weg über und machte erst den Mund auf, als wir zu Hause ankamen.

»Das mit dem Paddelboot, Jean-Paul«, sagte sie dann, »hast du dir hoffentlich aus dem Kopf geschlagen.«

Du hast auf Deine Schuhe hintergesehen. Als Du draußen warst, habe ich Dich in Schutz genommen.

»Du kannst machen, was du willst«, entgegnete sie, »du bist schließlich der Vater. Für mich ist es eine Frage des Prinzips. Das Paddelboot sollte der Lohn für eine bestimmte Leistung sein, das war zwischen Jean-Paul und uns so abgemacht. Er hat die Leistung nicht erbracht. Er war nicht nur in Latein, sondern auch in allen anderen Fächern schwach. Wenn du ihn daran gewöhnst, daß du ihm für nichts etwas gibst, tust du ihm keinen Gefallen.«

Noch einmal, ich verstehe ihren Standpunkt, ich gebe ihr nicht unrecht. Trotzdem kam ich eine Weile später zu Dir ins Zimmer, wo Du scheinbar ganz in einen Roman vertieft dasaßest, und sagte leise:

»Du bekommst es trotzdem!«

Daraufhin hast Du mich ganz erwachsen und fast etwas mitleidig angeblickt und geantwortet:

»Tu das nicht, Vater.«

»Scht! Es wird in Arcachon sein, wenn wir hinkommen.«

»Ich werde es nicht benutzen.«

Ich habe auch Dich verstanden. Ich habe Euch alle beide verstanden. In Arcachon hast Du tatsächlich das Paddelboot zwei Wochen lang nicht angerührt, obschon es im Garten der Villa, die wir wie jedes Jahr gemietet hatten, auf Dich wartete. Wohl weil Du fandest, Du hättest es nicht »verdient«.

Wenn ich Dir das erzähle, so deshalb, weil es auch für mich eine Art Paddelboot gibt. Jemand hat einmal etwas für mich getan, was mich dazu verpflichtet, mein Leben lang der Erste oder Zweite zu sein.

Daher habe ich zwischen Zwanzig und Dreißig so viel gearbeitet, ohne mir nur ein einziges sogenanntes Vergnügen zu gönnen.

Ich bin nicht Erster geworden, ich habe nicht das Zeug dazu. Dafür muß ich wenigstens, muß ich unbedingt der Zweite sein, ein »gemachter« Mann, nicht nach Deinem Verständnis, aber nach dem meinen.

Im Grunde ist es eigentlich nur das, was ich mir zu beweisen versuche, seitdem ich begonnen habe, Dir zu schreiben.

5

Ich hatte etwa die gleiche Figur wie Du. Ich war nur breiter in den Schultern. Und hier nun, *grosso modo*, was ich über meine Familie wußte.

Erst einmal, und ich glaube, daß das seine Bedeutung hat: Ich habe nie in einem gewöhnlichen Haus gewohnt oder in einer Wohnung wie andere Kinder, sondern immer nur in mehr oder weniger großen, mehr oder weniger stattlichen und luxuriös eingerichteten Amtswohnungen.

Bei meiner Geburt hatte mein Vater, Philippe Lefrançois, eben sechsundzwanzig Jahre alt und Doktor der Rechte, gerade die Präfektenlaufbahn eingeschlagen und war zum Referenten des Präfekten von Gap in den Hautes-Alpes ernannt worden. Ich war drei Jahre alt, als er zum ersten Mal Unterpräfekt war, in Millau in Aveyron, und danach, in Grasse, kam ich in die Schule.

Später sollte ich das Lycée in Pau kennenlernen, dann das Lycée Fénelon in La Rochelle, wo wir an die sieben Jahre geblieben sind. La Rochelle ist die einzige Stadt, die ich Zeit hatte, wirklich kennenzulernen, von den anderen bleibt mir nur die Erinnerung an einen kurzen Aufenthalt.

Kaum hatte ich mich an die neuen Räume gewöhnt, an mein Zimmer, an meine Lehrer, kaum hatte ich einige Kameraden, zogen wir um, in andere Räume, andere Empfangssalons, mit neuen Gesichtern.

In La Rochelle heiratete meine Schwester, Deine Tante Arlette, Pierre Vachet, der, wie ich Dir schon sagte, leitender Angestellter im öffentlichen Bauwesen war, und da das Paar keine Wohnung fand oder vorgab, keine zu finden, zogen sie zu uns in die riesige Präfektenwohnung.

In einem Punkt hatte ich es besser als Du. Das Haus Deiner Großeltern in Vésinet und Deine Großeltern selbst haben Dir gewiß kein glänzendes Bild von Deiner Herkunft vermittelt. Für mich aber waren meine beiden Großväter und meine Großmutter mütterlicherseits – meine Großmutter väterlicherseits habe ich nicht gekannt – sehr eindrucksvolle Persönlichkeiten.

Würde es Dich interessieren, noch etwas weiter in die Vergangenheit zurückzutauchen? Der Vater meines Großvaters, Urbain Lefrançois, der von 1823 bis 1899 lebte, hat Männer wie Victor Hugo, Lamartine, Delacroix persönlich gekannt, und in seinen Papieren sind Briefe von George Sand und Alexandre Dumas dem Älteren zu finden, denn er war mit vielen Künstlern befreundet und hat sie gefördert.

In Deinem Geschichtsbuch hast Du sicher Porträts des Duc de Morny gesehen, dem er ein wenig ähnelte, und Du kannst ihn Dir im Gewand des Second Empire vorstellen. Kaiserin Eugénie, der er einmal vorgestellt wurde, fand ihn offenbar geistreich.

Er lebte, wie so viele Männer von Welt in dieser Epoche, von seinen Renten und aus Kapitalvermögen. Zum Glück für seine Kinder kaufte er Bilder von seinen

Malerfreunden, und diese Gemälde hatten nach seinem Tode einen weit höheren Wert als die mit Hypotheken belasteten Ländereien, die er hinterließ.

Mein Vater hat ihn noch gekannt. Der grandseigneurhafte Urbain Lefrançois muß einen nachhaltigen Eindruck auf ihn gemacht haben, zumal er auch Mitglied des Jockey-Clubs war, der damals noch erheblich exklusiver war als heute.

Obschon ich eine Generation älter bin als Du, kann auch ich mir nur schwer ein solches Leben vorstellen, das einzig dem Müßiggang gewidmet ist.

Urbain Lefrançois besaß in der Rue du Bac, im Hof eines älteren Hauses, ein kleines Herrschaftshaus aus dem 18. Jahrhundert, das mein Großvater erbte und in dem er sein ganzes Leben zubrachte. Ich habe es Dir einmal gezeigt, erinnerst Du dich? Das Tor ist dunkelgrün gestrichen, links davon befindet sich der Laden eines Antiquitätenhändlers, rechts eine Buchhandlung. Wenn man durch den Torbogen geht, vorbei an der Conciergeloge, kommt man in einen Hof mit Kopfsteinpflaster und einer Linde in der Mitte.

Das Stadthaus, ursprünglich als Lustschlößchen einer der Mätressen eines hohen Herrn oder eines Gutsverwalters erbaut, ist aus verwittertem Stein, mit sanft geschwungenen und harmonischen Linien, und im Erdgeschoß sind überall hohe Fenstertüren, hinter denen die Privatgemächer und das Büro meines Großvaters lagen.

Ich habe Hemmungen, Dir meinen Großvater, Armand Lefrançois, zu beschreiben, weil ich Angst habe, daß Du ihn lächerlich findest. Du hast bestimmt schon alte Nummern der »Vie Parisienne« gesehen, mit Fotos älterer Herren – »Galane«, wie man damals sagte –, in kerzengerader Haltung, mit weißem Haar und gefärbtem Schnurrbart, ein Monokel im Auge, im Gehrock und mit hellen Gamaschen.

Das ist im großen und ganzen das Porträt Deines Urgroßvaters, einschließlich der bereits etwas spärlichen Haare, die kunstvoll über den Scheitel frisiert waren.

Ein Galan war er in der Tat gewesen und alles andere als ein untröstlicher Witwer, der sich noch mit siebzig Jahren reichlich Abenteuer gönnte.

Er war jedoch kein Müßiggänger wie sein Vater. Er absolvierte im Gegenteil eine der strengsten Ausbildungen, die Finanzinspektion, und machte anschließend eine glänzende Karriere am Rechnungshof.

All das sind nichts als die nüchternen Tatsachen, ich weiß. Ich sagte Dir schon, daß man sich kaum mehr als hundert Jahre überlebt. Es ist noch keine zwanzig Jahre her, daß mein Großvater mit siebenundsiebzig Jahren kurz nach meiner Heirat gestorben ist, und dennoch könnte ich ihn heute kaum mehr beschreiben.

Er sprach allerdings wenig und setzte seinen Stolz darein, niemals seine Gefühle zu zeigen. Ich war zehn oder elf Jahre alt, als ich einmal bei einem Besuch in der Rue du Bac in seiner Gegenwart zu weinen anfing; mit gerunzelter Stirn sah er erst mich durch sein Monokel, dann mit vorwurfsvoller Miene meinen Vater an.

War ihm die Einsamkeit seiner letzten zwanzig Jahre eine Last gewesen? Er lebte in seinem kleinen Stadthaus mit einer alten Köchin, Léontine, die ihr Leben in seinem Dienst verbracht hat, und einem Diener, Emile, dem Sohn eines seiner letzten Pächter.

Das Wenige an Vermögen, das ihm sein Vater hinterlassen hatte, war dahingeschmolzen, und von den Gemälden waren ihm nur die wertloseren geblieben. Das Haus in der Rue du Bac war gänzlich mit Hypotheken belastet.

Trotzdem hat er bis zuletzt eine gute Figur gemacht, auch in den drei Jahren vor seinem Tod, die er im Rollstuhl zubrachte.

Hat er erfahren, was 1928 wirklich geschehen ist? Wenn, dann sicher nicht von meinem Vater. Er muß es aber trotzdem irgendwie mitbekommen und es mir auch sehr übelgenommen haben, denn anschließend begegnete er mir merklich distanzierter.

Wie mein Generaldirektor war er ein hoher Offizier der Ehrenlegion und hatte darüber hinaus noch etliche ausländische Auszeichnungen, denn er hat sich auch im Ausland bei Dienstreisen hervorgetan.

Was mich davor zurückhielt, ihn gern zu mögen, waren sein ironischer Gesichtsausdruck. Junge Leute lehnen sich gegen die Ironie auf oder empören sich dagegen, bis sie darauf kommen, daß sie oft nur in Schamgefühl oder Abwehr begründet ist.

Nun ist er siebzehn Jahre tot. Schade, daß ich ihn nicht besser gekannt habe. Er hat bestimmt nicht nur viel erlebt und gesehen, sondern auch viel nachgedacht und könnte mir vielleicht so einiges erklären.

Vielleicht bilde ich mir das aber auch nur ein. Es gibt

keinerlei Grund dafür, zu glauben, daß eine andere Generation etwas wußte, was sie uns nicht mitgeteilt hat.

Zwischen ihm und meinem Vater liegen Welten, ebenso viele wie zwischen dem eleganten Stadthaus in der Rue du Bac – das uns nicht mehr gehört und das abgerissen werden und Büros Platz machen wird – und der Villa in Vésinet. Ebenso viele auch wie zwischen meinen Kindheitserinnerungen und den Deinen. Dabei ist es nur eine Frage des Blickwinkels.

Ich fand ihn kalt, abweisend. Ich schämte mich, wenn ich ihn, gekleidet wie die Galane in der »Vie parisienne«, auf den Boulevards hinter den Modistinnen herlaufen sah.

Mein Vater wiederum ist wohl Dir kalt vorgekommen, vielleicht auch versteinert, wie er in der altmodischen Atmosphäre der Villa Magali mit verschrobener Pedanterie seine kranke Frau umsorgte.

Weil der eine wie der andere nur am äußersten Rand unseres Lebens auftauchte, neigen wir dazu, uns ein schematisches Bild von ihm zu machen, und vergessen, daß jeder von ihnen zu seiner Zeit auch einmal im Mittelpunkt stand. Auf die gleiche Art verfahren wir mit denen, die nur vorübergehend in unserem Leben auftauchen, unsere Lehrer, unsere Kollegen, unsere Freunde, ob für ein Jahr oder für zehn Jahre. Da sie für uns nur Nebenfiguren sind, sehen wir sie nur aus einem ganz bestimmten Blickwinkel und beurteilen sie aufgrund einiger auffälliger Züge, ohne ihnen die gleiche Komplexität zuzugestehen wie uns selbst.

Urbain Lefrançois, der Dilettant, der bei den Diners

in den Tuilerien saß, existiert in meiner Vorstellung nur umrißhaft, und sein Sohn, Armand, mein Großvater, kommt mir in etwa vor wie die Figuren, die auf den alten Gemälden schattenhaft im Hintergrund zu sehen sind.

Für Dich ist mein Vater nur ein alter Mann gewesen und zuletzt ein Toter unter dem schwarz-silbernen Tuch eines Katafalks, und das wird er wohl in Deiner Erinnerung bleiben.

Für Deine Kinder...

Wahrscheinlich würdest Du meinen anderen Großvater vorziehen, den Vater meiner Mutter. Er hieß Lucien Aillevard, und Du müßtest eigentlich in der Schule von ihm gehört haben, denn er hat einmal eine bedeutende Rolle gespielt.

Während mein Großvater Lefrançois ein hoher Staatsbeamter war, schlug mein Großvater Aillevard die Diplomatenlaufbahn ein und wurde ein bedeutender Botschafter zu einer Zeit, als diese Karriere noch als eine der ehrbarsten galt.

Weißt Du, daß meine Mutter vor ihrer Zeit in Le Vésinet außer während der Ferien nie in einem Privathaus gewohnt hat?

Spielte meine Jugend sich in Unterpräfekturen und Präfekturen ab, so verlief die ihre im prachtvolleren Dekor von wechselnden Botschaftsräumen. In Peking geboren, hat sie in einem Kloster in Buenos Aires lesen und schreiben gelernt, später in Stockholm, Rom und Berlin gelebt.

Schon ihre Mutter wurde in die Diplomatie hineingeboren. Sie hieß Consuelo Chavez und war die Tochter des kubanischen Botschafters in London, wo mein Großvater sie kennenlernte, als er Botschaftssekretär war.

Diese Welt ist uns fremd, Dir noch mehr als mir, und es heißt, daß sie sich seither sehr verändert hat.

Ich habe die Memoiren von Lucien Aillevard gelesen, sie wurden in zwei Bänden mit schlichtem grauem Einband von einem Verleger am Faubourg Saint-Germain herausgegeben. Die einzelnen Kapitel klingen für Dich wohl ziemlich trocken: »Die Kleine Entente und das Problem des Nahen Ostens«, »Bismarck aus südamerikanischer Sicht«...

Ich zitiere nach dem Gedächtnis. Das Buch enthält präzise Fakten und Daten, Protokolle von offiziellen oder vertraulichen Gesprächen, Berichte von Geheimagenten, Details aus den Kulissen der Geschichte.

Trotz des gewollt trockenen Stils erahnt man jedoch hinter all dem ein glanzvolles, oft unbeschwertes Leben mit Empfängen, Bällen, Intrigen, bei denen sich Liebe und Politik vermischten.

Nicht nur haben meine Mutter und ihre Schwestern dieses Leben gekannt, sie haben auch eine glanzvolle Rolle bei Hofe gespielt. Für sie waren Eduard VII., Leopold II., der deutsche Kaiser, die Großherzöge nicht nur Namen aus Zeitungen und Handbüchern, sondern Menschen aus Fleisch und Blut, mit denen sie zum Teil sogar auf Bällen getanzt hatten.

Sie war schön, davon zeugt das Porträt, das in meinem Büro hängt. Sie war, was Dich überraschen wird, von überschäumender Vitalität, »dynamisch« würde man heute sagen, und der Mittelpunkt aller Feste. Von freierer Lebensart als die meisten jungen Mädchen ihrer Kreise zu dieser Zeit, hat man ihr nicht gerade Abenteuer, aber doch Unbesonnenheiten zur Last gelegt, die der Skandalchronik reichlich Nahrung gaben.

Sie war achtundzwanzig Jahre alt, als ihr Vater für einige Zeit am Quai d'Orsay einen heiklen Auftrag auszuführen hatte, und da lernte sie dann meinen Vater kennen. Er war vier Jahre jünger als sie. Ihre Schwestern hatten alle bereits geheiratet, nur von ihr hieß es, sie würde nie heiraten, dazu sei sie zu eigenwillig und unfähig, sich dem Willen und den Wünschen eines Mannes unterzuordnen.

Es hat damals ein Drama gegeben, von dem ich erst durch meine Schwester gehört habe, und ich weiß nicht, von wem sie es erfahren hat, denn zu Hause wurde natürlich nie darüber gesprochen.

1903 fanden durchaus noch Duelle statt, und bei einem solchen Duell hat einer der Kavaliere meiner Mutter, ein italienischer Graf, sein Leben gelassen. Die Affäre hatte offenbar im ›Maxim's‹ ihren Anfang genommen, wo sich jemand in fröhlicher Runde einen anzüglichen Scherz über die Tochter des Botschafters Aillevard erlaubt hatte. Der Beleidiger war ein baltischer Baron, der seinen Gegner ein paar Stunden später im Wald von Meudon tödlich verletzte.

Der Deutsche, der Paris eiligst verlassen mußte, konnte nicht ahnen, daß er zehn Jahre später, während des Ersten Weltkrieges, wieder vor den Toren unserer Hauptstadt stehen würde, ohne sie allerdings zu betreten. Er trägt einen bekannten Namen. Der Besiegte, ein Italiener, nicht weniger. Bewahrt man auch in ihren Familien die Erinnerung an das Ereignis, erzählt man den Söhnen oder Neffen, welche Rolle Deine Großmutter unwillentlich in ihrem Leben gespielt hat?

Du hast bisweilen Deine Mutter, wenn sie wegen eines belanglosen Streits verärgert war, ausrufen hören:

»Ich kann nichts dafür, daß ich keine Lefrançois bin!«

Oder sie seufzte in bestimmten Situationen, während sie Dich ansah:

»Du bist eben ein echter Lefrançois!«

Sie kann machen, was sie will, sie kann ihre Herkunft nicht vergessen, und unbewußt macht sie mir die meine zum Vorwurf. In ihren Augen hat sie einen Nimbus, der für sie gleichsam eine indirekte Herabsetzung darstellt.

Ein Paar – man mag es drehen und wenden, wie man will – besteht nicht nur aus zwei Individuen, sondern auch aus zwei Familien, zwei Sippen. Der darin waltende Geist, die Lebensart, ist immer ein Kompromiß zwischen zwei unterschiedlichen Geisteshaltungen, und es ist fatal, wenn das eine oder das andere überwiegt. Es ist ein Kampf, mit einem Sieger und einem Besiegten, und es ist nur natürlich, wenn daraus Groll, wenn nicht gar Haß entsteht.

In Cannes wußte ich das noch nicht. Ich habe nie daran gedacht. Ich habe mich erst am Tag Deiner Geburt als ein Lefrançois gefühlt.

Der Unterschied in der Herkunft meiner Mutter und der meines Vaters war weniger groß als der in unserer Ehe. Sie gehörten beide zu einer Welt, zur »Welt«

schlechthin, von der täglich auf Seite zwei des ›Gaulois‹ und des ›Figaro‹ die Rede war und die man oft als bürgerliche Aristokratie bezeichnet hat.

Dennoch gab es kleine Unterschiede. Die Aillevards hatten zwar kein großes Vermögen mehr, vor allem nachdem der Botschafter vier Töchter ausgestattet hatte, gehörten aber doch weiterhin dazu, während Philippe Lefrançois, der Witwer, als alter Beau belächelt wurde.

Als mein Vater sich nach seinem Rechtsstudium überlegte, welche Laufbahn er einschlagen wollte, wäre es ihm doch nie in den Sinn gekommen, eine andere zu wählen als eine in der obersten Verwaltung.

Sie haben sich ein paar Monate nach dem berüchtigten Duell, über das sicher immer noch geredet wurde, auf einem Ball kennengelernt, und mein Vater hat sich Hals über Kopf in sie verliebt.

Siehst Du, wie sehr man sich vor Klischees hüten muß? Die unförmige, dicke alte Frau mit dem kränklichen Aussehen, die Du nur in ihrem Lehnsessel sitzend gekannt hast, mit starrem, abwesendem Blick, war einst eine der lebenssprühendsten und geistreichsten jungen Damen von Paris gewesen, die mit ihrer Eigenwilligkeit mannigfach Anstoß erregte.

Vier Jahre jünger als sie, was in diesem Alter zählt, und frisch von der Universität, war mein Vater wohl nicht nur von ihr, sondern auch von ihrem Vater beeindruckt.

Obwohl schon etwas älter und noch unverheiratet, hatte sie glänzendere Partien in Aussicht, als er eine war.

Eines Tages hat er mir anvertraut:

»Beinahe wäre ich, weil ich glaubte, es würde Deiner Mutter gefallen, ebenfalls in die Diplomatie gegangen.«

War sie es müde, ständig in der Welt herumzuziehen? Mag sein. Es war ihr erster längerer Aufenthalt in Frankreich, und alles war für sie noch neu.

Die Villa Magali war das Landhaus der Aillevards. Dort traf mein Vater jeden Sonntag seine Verlobte.

Mein Vater war ein schöner Mann, und er ist es trotz seines hohen Alters immer geblieben. Er besaß in allem eine angeborene Eleganz, die ich Rasse nennen würde, wenn mir der Ausdruck nicht zu hochgestochen wäre.

Was ich unterstreichen möchte, ist, daß in seinen Augen die Tochter des Botschafters Aillevard ihm rangmäßig überlegen war, daß sie ein Wesen war, das es zu erobern galt, und daß die Konkurrenz beträchtlich war. Sie war der Anziehungspunkt, der Fixstern, um den er zusammen mit vielen anderen kreiste wie die Motte ums Licht.

Das ist wichtig, denn ich sehe darin die Erklärung für sein Verhalten, nicht nur während der zweiten Hälfte seines Lebens, sondern auch während der letzten Jahre der ersten Hälfte, die 1928 ihren Abschluß fand.

Als junger Mann war er überzeugt, daß er ihrer nicht würdig war und vergebens von ihr träumte. Als sie zustimmte, seine Frau zu werden, war er ihr dankbar wie für ein Geschenk, das sie ihm darbrachte, indem sie auf ein glanzvolleres Leben verzichtete.

Hat sie ihn bestärkt in dieser Auffassung? Ich kann es nicht beurteilen, und es steht mir auch nicht zu. Unbewußt wohl schon. Sie war so sehr daran gewöhnt, daß man sie vergötterte, daß es ihr nur natürlich erscheinen mußte, so geliebt zu werden.

Anfangs machte es ihr Spaß, ihrem Gatten in seine ersten, recht bescheidenen Posten zu folgen, das Leben der Unterpräfektengattin zu führen, das so verschieden war von dem in den großen Botschaften.

Ich kann mich noch erinnern, wie schön sie war, und sie war so lebhaft, daß Deine Mutter neben ihr still gewirkt hätte.

Sie haben erst meine Schwester bekommen und dann, mit vier Jahren Abstand, mich. Als ich zwölf Jahre alt war, kurz nachdem wir uns in La Rochelle niedergelassen hatten, kam die dramatische Wendung.

Meine Mutter war vierzig Jahre alt, und die Fotografien aus jener Zeit geben lebhaft Zeugnis davon, daß die Jahre spurlos an ihr vorübergegangen waren. Als kleines Kind, wenn ich mich in ihre Arme schmiegte, soll ich immer ganz begeistert ausgerufen haben:

»Ach, bist du schön!«

Und vor meinen Spielkameraden gab ich an:

»Ich habe die schönste Mama auf der ganzen Welt!«

Gab es nicht schon so etwas wie ein Vorzeichen? War nicht gerade auch ihr übertriebener Tatendrang besorgniserregend?

Plötzlich glaubte sie, schwanger zu sein, und da sie damit nicht mehr gerechnet hatte, fand sie es wohl komisch.

Ich sehe noch das verschmitzte Lächeln, mit dem sie sich verabschiedete, als sie zum Arzt ging. Doch als sie zurückkam, lag ein Schleier auf ihrem Gesicht.

Ich erinnere mich noch gut an diesen Tag, es war

ein Donnerstag im Oktober. Da ich nicht zur Schule mußte, drängte ich darauf, sie begleiten zu dürfen, aber sie antwortete:

»Es ist nicht so lustig, zum Arzt zu müssen.«

Dieser, ein hochgewachsener Mann, der manchmal auf den Abendgesellschaften der Präfektur auftauchte, hatte einen rötlichen Schnurrbart und einen kegelförmigen Schädel. Meine Mutter war gegen drei Uhr weggegangen. Um vier Uhr rief mein Vater von seinem Büro aus über das Haustelefon in unserer Wohnung an.

»Ist Mama noch nicht zurück?«

»Nein, noch nicht.«

Er hat noch ein paarmal angerufen. Ich wußte nicht, daß ich möglicherweise ein Brüderchen oder ein Schwesterchen bekommen sollte. Deine Tante Arlette, die fünfzehn Jahre alt war, empfing Freunde im Salon.

Ich erinnere mich an den zerstreuten Kuß meiner Mutter, als sie heimkam, und an ihre besorgte Miene.

»Was hat er gesagt?« habe ich gefragt. »Bist du krank?«

»Es ist nichts Ernstes. Beunruhige dich nicht.«

»Vater hat mehrmals angerufen.«

Sie lächelte und ging zum Telefon.

»Philippe? Ich bin zurück.«

Er hatte sie sicher etwas gefragt, und sie hatte ein kleines bitteres Lächeln um den Mund.

»Nein! Es ist nicht das, was wir gedacht haben. Bist du sehr enttäuscht?«

Ich hörte wieder die Stimme meines Vaters im Apparat.

»Ich erzähle es dir nachher«, antwortete sie. »Alain

ist bei mir ... Nein! Ich glaube nicht, daß es etwas sehr Schlimmes ist.«

Etwas später habe ich sie dann überrascht, wie sie zwischen zwei Türen flüsterten, und das Essen verlief in bedrückendem Schweigen. Man brachte mich früher als gewöhnlich zu Bett, ohne die Rituale einzuhalten. Denn wie in jeder Familie – es war bei Dir auch so – war das Zubettgehen mit ganz bestimmten Ritualen verbunden.

Ich ahnte nicht, daß ich kurz davor war, meine Mutter zu verlieren, jedenfalls die Mutter, die ich gekannt hatte, und mein Vater seine Gefährtin.

Am 27. Oktober, einem Datum, das sich mir unauslöschlich einprägen sollte, kam sie in eine städtische Klinik, nachdem sie meine Schwester und mich umarmt und ein letztes Mal einen Scherz gemacht hatte.

Was man für eine Schwangerschaft gehalten hatte, war in Wirklichkeit ein Tumor. Als man meine Mutter zwei Wochen später in die Präfektur zurückholte, war sie dem Anschein nach noch dieselbe, und in der ersten Zeit haben wir uns alle täuschen lassen. Sie kehrte schnell ins Leben zurück, begann, im Schlafzimmer und dann in der Wohnung umherzulaufen. Mit der Zeit aber bemerkten wir, daß ihre Züge nicht mehr die frühere Klarheit hatten, daß sie verschwommen wurden und daß ihr Körper dicker wurde.

Ein Satz aus dieser Zeit ist mir im Gedächtnis geblieben:

»Ich weiß, ich müßte eigentlich Gymnastikübungen machen, aber ich kann mich einfach nicht dazu aufraffen!«

Im März wurde sie noch einmal operiert, und im August war sie so dick geworden, daß sie in keins ihrer Kleider mehr paßte.

Ich habe seither oft mit befreundeten Ärzten, vor allem mit Versicherungsärzten, über ihren Fall gesprochen. Sie sind unterschiedlicher Meinung, und jeder von ihnen hat annähernd einleuchtende Erklärungen.

Offenbar war es unvermeidlich, daß meine Mutter nach den Operationen dick wurde und das so geschlechtslose Aussehen bekam, und man mußte sich auf eine langanhaltende Depression gefaßt machen, ja auf eine irreversible Veränderung ihrer Persönlichkeit.

Mir genügte das nicht als Erklärung, und ich bin sicher, daß es auch meinem Vater nicht genügte. Ist er zu denselben Schlüssen gekommen wie ich, und wenn ja, in welchem Grade hat es ihn berührt? Wenn es so war, bewundere ich um so mehr das Verhalten, das er bis zuletzt an den Tag gelegt hat.

In irgendeinem Augenblick hat meine Mutter aufgegeben, hat sie sich freiwillig aus dem Leben zurückgezogen. Es war sozusagen von einem Tag auf den anderen, zwischen ihrem ersten Besuch bei dem Arzt mit dem rötlichen Schnurrbart und der Erholungszeit.

Eines Tages ist ihr aufgegangen, daß sie keine Frau mehr war, daß sie nie mehr eine Frau sein würde, daß sie immer dicker, ja unförmig werden würde und ein teigiges Gesicht bekäme.

»Neurasthenie«, haben die ersten Ärzte diagnostiziert, mit denen man sie zusammenbrachte, ohne ihr vorher etwas zu sagen, denn sie wollte keine aufsuchen. »Das legt sich mit der Zeit.«

Es legte sich nicht, im Gegenteil. Von den ersten Monaten nach ihrer Operation an, vielleicht von den ersten Wochen an, hatte sich meine Mutter gleichsam lebendig eingemauert.

Nicht erst im Alter hatte sie den starren, teilnahmslosen Blick bekommen, den Du an ihr gekannt hast. Als ich in Deinem Alter war, bekam ich denselben Blick zu sehen. Sie hatte sich bereits von der Außenwelt abgekapselt und war gleichgültig geworden gegenüber allem, was sie umgab.

Ich habe kein Recht, sie zu verurteilen, es steht mir nicht zu. Ich erinnere mich jedoch an das Stirnrunzeln einiger befreundeter Ärzte, die verstärkte Sympathie, die sie meinem Vater von da an entgegenbrachten.

Meine Mutter, die während des ersten Teils ihres Lebens eine so strahlende Erscheinung gewesen war, konnte sich nicht damit abfinden, daß sie, nach einem Schnitt des Skalpells, plötzlich eine alte Frau sein sollte. War sie versucht, sich umzubringen? Ich weiß es nicht. Ich weiß auch nicht, ob ihr dazu die Kraft fehlte oder ob sie uns bestrafen wollte, indem sie weiterlebte.

Sei nicht empört. Denk nicht, ich würde mich gegen meine Mutter versündigen, wenn ich solche Dinge ausspreche. Ich versuche nur zu verstehen. Ein für seine diagnostischen Fähigkeiten und freimütigen Äußerungen bekannter Professor hat einige Jahre danach zu meinem Vater und später auch zu mir gesagt:

»Da ist nichts zu machen. Sie *will* nicht gesund werden.«

Wen wollte sie auf diese Weise bestrafen? Eine heikle Frage. Meinen Vater vielleicht, weil er sie als der unbedeutendste ihrer Verehrer den anderen weggenommen und sie ihrem glanzvollen Leben entrissen hatte?

Uns, das heißt, meine Schwester und mich, vor allem mich als den zuletzt Geborenen, der indirekt für ihren körperlichen Verfall verantwortlich war?

Oder bestrafte sie sich selbst für ich weiß nicht welche Verfehlung, die sie sich auf einmal vorwarf? Bestrafte sie am Ende vielleicht die ganze Welt, die weiterlebte, während sie sich als wandelnde Tote betrachtete?

Von allem abgeschottet, gab sie nicht einmal mehr den Dienstboten die notwendigen Anweisungen, und ich sehe noch meinen Vater, wie er morgens mit der Köchin den Speisezettel aufstellte, bevor er in die Präfektur hinüberging. Sie spielte weiterhin die Gastgeberin bei den offiziellen Diners, bei denen sie stumm dasaß, mit abwesendem Blick, ein eigentümliches Lächeln auf den Lippen, und während der ersten Zeit mußte mein Vater den Gästen die Situation erklären.

Deswegen mußte er Versailles ablehnen, das man ihm angeboten hatte und das die Krönung seiner Karriere gewesen wäre, vielleicht mit der Polizeipräfektur von Paris als Abschluß.

Es war aber nicht ihretwegen, das möchte ich gleich hinzufügen, daß sie beide in der Villa in Vésinet gestrandet sind.

Das war ganz allein meinetwegen, und an dem, was ich getan hatte, trug meine Mutter keine Schuld.

Für die Tragödie von 1928 bin ich ganz allein verantwortlich.

Muß ich mich hier zum Echo der Meinung meiner Schwester machen? Sie behauptet, die Familie besser zu kennen als ich, und ich gestehe es ihr gerne zu. Da sie älter ist als ich, hat sie unseren Vater lange vor der Krankheit unserer Mutter bewußt erlebt. Und später hat sie in Paris sicher allerlei Gerede und Klatsch aufgefangen, die mir nie zu Ohren gekommen sind.

Meine Schwester sagt, meine Mutter habe meinen Vater aus enttäuschter Liebe geheiratet; wie andere junge Mädchen ins Kloster gehen.

»Kannst du dir vorstellen, was es für sie bedeutet hat, nach dem Leben in Diplomatenkreisen, sich in der erstbesten Unterpräfektur zu vergraben? Sie heiratete nicht, um eine Zukunft aufzubauen, sondern um einer Vergangenheit zu entfliehen. Es war ja auch so, daß sich unser Vater damals noch nicht definitiv für eine bestimmte berufliche Laufbahn entschieden hatte. Mit seinen Beziehungen konnte er jederzeit einen Posten in Paris bekommen oder wie sein Schwiegervater in die Diplomatie gehen. Ich bin überzeugt, daß sie sich dafür entschieden hat, mit ihm durch die kleinen Provinzstädte zu ziehen. Vielleicht wollte sie sich damit selbst bestrafen.«

Als ich protestierte, meinte meine Schwester:

»Zu der Zeit warst du noch ein naiver Junge, der alles für bare Münze nahm. Du warst nicht bei den Empfängen und Diners dabei, die unsere Eltern gaben, nicht auf den Bällen der Unterpräfekturen oder Präfekturen. Unsere Mutter zeigte sich nach außen hin sehr fröhlich, aber es war eine künstliche Fröhlichkeit, und dahinter verbarg sich bittere Ironie. Sie spielte brav das Spiel, war liebenswürdig gegen die lächerlichen Gattinnen der Bezirksräte und die heiratswilligen Töchter.

Warum begreifst du nicht, daß sie sich über sie alle lustig machte und auch über sich selbst?«

Das ist alles möglich. Ich glaube trotzdem, ich will es glauben, daß meine Mutter für meinen Vater auch etwas wie Liebe empfunden hat.

Was ihn betraf, so war er ihr sein Leben lang dankbar, daß sie ihn erwählt hatte. Er glaubte sich verantwortlich für ihr Glück, und er glaubte sich indirekt verantwortlich dafür, daß sie krank geworden war und sich aufgegeben hatte.

Ich bin mir dessen bewußt, daß all das keine hinreichenden Erklärungen sind, doch wir bewegen uns hier auf einem Gebiet, auf dem es keine eindeutigen Wahrheiten gibt. Du hast beide erst sehr viel später kennengelernt, erst als sie eine Karikatur von Philemon und Baucis geworden waren, eine Baucis mit einem aufgeschwemmten Körper, mit bleicher Haut und einem Blick, der sich in einem Traum ohne Grenzen verlor, und ein Philemon, der mit Würde die abgezirkelten Handreichungen eines Krankenwärters oder einer Dienstmagd vollzog.

Meine Schwester behauptet immer noch steif und fest, daß unsere Mutter uns nie geliebt hat, weder sie noch mich, daß wir für sie nur mehr oder weniger unbequeme Nebenerscheinungen waren und daß sie uns später in den Groll miteinbezog, den sie gegen meinen Vater hegte.

Ich könnte es mir sogar vorstellen, denn als ich anfing, die Leute um mich herum zu beobachten, habe auch ich begonnen, an der allgemein waltenden Mutterliebe zu zweifeln. Ich will nicht bestreiten, daß es sie gibt. Nur legen sicher viele Frauen gar nie oder nur vorübergehend, wie Tierweibchen, während sie stillen, mütterliche Gefühle an den Tag.

Neulich hat ein Prozeß am Schwurgericht in der Bevölkerung Empörung ausgelöst. Eine noch junge Frau, von den Psychiatern als normal und voll zurechnungsfähig eingestuft, hat ihr dreijähriges Kind getötet, weil ihr neuer Liebhaber diesen Liebesbeweis von ihr gefordert hat.

Sie ist kein Einzelfall. Die Gemüter erhitzen sich nur deshalb so stark, weil wir glauben, der Mensch sei so, wie wir ihn haben wollen.

Wir haben uns einen Menschentypus zurechtgezimmert – je nach Epoche einen anderen – und klammern uns so sehr daran, daß wir alles, was ihm nicht gleicht, als krank oder monströs erachten.

Ist nicht einer der Gründe für unsere eigenen Qualen die Entdeckung, die wir früher oder später machen, daß auch wir ihm nicht gleichen?

Besteht nicht unsere erste kindliche Enttäuschung darin, daß wir zu ahnen beginnen, daß unser Vater oder unsere Mutter nicht »der Vater« und »die Mutter« unserer Bilderbücher sind?

Es ist diese Enttäuschung, auf die ich so sehr bei Dir gelauert habe, sobald Du anfingst, uns zu beobachten. Wenn ich nichts in Deinen Augen gelesen habe, so vielleicht deshalb, weil ein Kind sich für seine Entdeckungen schämt.

6

Es ist nun an der Zeit, auch wenn es mir widerstrebt, Dir von Nicolas und von meiner Jugend zu erzählen, für die dieser Name beinahe ein Symbol ist. Danach wirst Du mich besser verstehen und auch begreifen, warum ich Dir immer wieder die gleichen Fragen stelle, obschon ich weiß, daß ich Dir damit auf die Nerven gehe:

»Hast du einen neuen Freund?«

Ich irre mich selten, und das ist nicht verwunderlich. Wenn Du Dich plötzlich anders bewegst, anders sprichst und Dich überhaupt anders verhältst, dann hast Du meistens neue Freunde. Du fühlst Dich dann wie ertappt, als würfe ich Dir vor, nicht Du selber zu sein, jemanden nachzuahmen. Daher gebe ich mir Mühe, Dir taktvolle Fragen zu stellen, in scherzhaftem Ton, kameradschaftlich. Deine Mutter ist auch in dieser Hinsicht weniger zurückhaltend als ich, da sie sehr genaue Vorstellungen davon hat, welcher Umgang für Dich gut und welcher schlecht ist, und im Grunde fände sie es ganz natürlich, Deine Freunde für Dich auszusuchen.

Sie hat mir oft vorgeworfen, meine Vaterpflichten nicht ernst genug zu nehmen und die Zügel zu sehr schleifen zu lassen, und sollte Dir eines Tages ein Unheil zustoßen, so wäre ich allein schuld daran.

Das macht mir zugegebenermaßen angst. Je älter Du

wirst, desto mehr zittere ich um Dich und verliere, wie übrigens die meisten Väter, mehr und mehr mein Selbstvertrauen.

Dennoch hätte auch Deine Mutter an der Stelle meiner Eltern nichts dagegen gehabt, daß ich Nicolas zum Freund hatte. Ich nenne seinen Familiennamen absichtlich nicht, aus Gründen, die Du später verstehen wirst. Ich habe ihn in der fünften Klasse auf dem Gymnasium in La Rochelle kennengelernt, doch drei Jahre lang kannten wir uns nur vom Sehen.

Er war größer als ich, rothaarig, mit Sommersprossen im Gesicht und auf den Händen, mit sehr sanften blaßblauen Augen.

Allem Anschein zum Trotz ist es für einen Jungen nicht immer angenehm, der Sohn des Präfekten zu sein. Wenn es ihm auch ein gewisses Prestige verleiht, so erweckt es bei den anderen doch auch Mißtrauen und Neid, und anstatt auf meinen Vater stolz zu sein, entschuldigte ich mich eher noch für ihn.

Das war nicht der einzige Grund, warum ich so scheu war. Ich bin von Natur aus ängstlich und hab mich schon immer schnell in mein Schneckenhaus zurückgezogen, wie meine Mutter später auch, nur daß es bei ihr endgültig war.

Ich möchte gern in Bildern ausdrücken, was ich empfand. Die ersten Zeichnungen eines Kindes stellen fast immer ein Haus dar, das in seiner Vorstellung dem seinen gleicht. Auch bei Dir war das der Fall. Dieses Haus wird dem Kind bis in die kleinsten Einzelheiten im Gedächtnis bleiben, ob es sich nun um ein Bauernhaus handelt oder um ein Vorstadthäuschen oder eine

Stadtwohnung in Paris mit Conciergeloge, Aufzug, Treppenhaus und Fußmatten vor den Türen.

Wenn ich von der Schule heimkam, standen zu beiden Seiten des Portals salutierende Polizisten, und links und rechts im Torduchgang waren amtliche Hinweise mit Pfeilen angebracht:

*1. Stock links: 2. Abteilung – Departementsangelegenheiten
1. Stock rechts: 3. Abteilung – Sozialfürsorge, Gesundheitsamt, Arbeitsamt, Sozialwohnungen
Hinterhof, Treppe C...*

Ringsum nichts als graue Treppenhäuser und numerierte Gänge, in denen es zog, und meine ersten Erinnerungen an meinen Vater verbinden sich mit einem alten Wachbeamten mit Kette, der an einem kleinen Tischchen vor einer gepolsterten Tür sitzt.

Unsere Privatwohnungen waren immer zu groß, hatten fast immer zu hohe Wände, und ich erinnere mich an die so oft gehörte Mahnung:

»*Vorsicht mit den Tapisserien!*«

Denn es ist Tradition, die Präfekturen mit Gobelins oder Aubussons auszustaffieren.

Sie gehörten nicht uns. Wir fühlten uns dort nicht zu Hause.

»Scht!« sagte das Dienstmädchen zu mir, »der Herr Präfekt empfängt gerade.«

Ich hatte nicht wie alle anderen einen Vater, eine Mutter, Brüder und Schwestern, vielleicht ein Dienstmädchen oder mehrere Dienstboten. Ich war von einer

Menge von Leuten umgeben, die nach meiner Auffassung Rechte über uns hatten, insbesondere das Recht, wegen irgendeiner dringenden Angelegenheit unser Familienleben zu stören.

Und so war das, was in den Augen meiner Mitschüler vielleicht ein Vorzug war, in meinen Augen ein Nachteil.

Jedermann, außer uns, außer mir, hatte ein Recht auf die Zeit und die Aufmerksamkeit meines Vaters, allen voran sein Referent, Monsieur Tournaire, dann der Generalsekretär, die Abteilungsleiter, vier an der Zahl, hohe Persönlichkeiten auf der Durchreise, einflußreiche Wähler, bis hin zu den lästigen Bittstellern.

Es kam höchstens zweimal pro Woche vor, daß wir allein speisten, und auch dann wurde mein Vater ans Telefon gerufen oder mußte seine Mahlzeit unterbrechen, um jemanden zu empfangen.

In einem bestimmten Alter, mit etwa elf oder zwölf Jahren, habe ich es ihm übelgenommen, daß er diese Art Knechtschaft hingenommen hat und nicht das war, was ich für mich »einen Vater wie alle anderen« nannte.

Meine Schulkameraden beneideten mich, ohne zu ahnen, daß ich sie noch mehr beneidete.

Später habe ich sie noch aus einem anderen Grund beneidet. Nachdem sie ein ganz gewöhnliches Leben führten, konnten sie ihre Illusionen bewahren.

Das mußt Du nicht alles für bare Münze nehmen. Später ist mir klargeworden, daß ich vieles falsch sah. Doch ich versuche ja bloß, mich zu erinnern, wie ich damals empfand.

In einer Präfektur leben hieß, hinter den Kulissen zu

leben und zwangsläufig zu wissen, wie die Fäden laufen. Ich habe Dir von der Ehrenlegion erzählt, und das erinnert mich an ein Telefongespräch, bei dem ich anwesend war. Mein Vater hörte zu und las währenddessen weiter in einem Dokument, das vor ihm lag und keinerlei Bezug zu dem Gespräch hatte. Sein Gesprächspartner hatte eine sonore Stimme, die so laut war, daß man sie auch noch in einiger Entfernung hörte.

Ab und zu murmelte mein Vater zerstreut:

»Ja... Ja... Ich verstehe...«

Ich sehe noch, wie er mit dem Rotstift einige Worte auf dem maschinengeschriebenen Dokument durchstrich. Dann schwieg sein Gesprächspartner, und mein Vater sagte:

»Sind Sie sicher, daß er nicht auch mit dem Palmzweig zufrieden wäre?... Ja, ja... Ich verstehe... Na gut! Abgemacht, mein Lieber. Ich werde dem Minister den Vorschlag unterbreiten... Wenn Sie meinen, daß es nötig ist, können Sie ihm das Kreuz versprechen...«

Das war nur eins von unzähligen Beispielen. Was den anderen geradezu heilig war, war es für uns nicht mehr, war es auch für mich schon nicht mehr.

»Ja, ja... Sind Sie sicher, daß niemand zu Schaden gekommen ist?... Ich rufe den Hauptkommissar an... Beruhigen Sie ihn, mein Lieber, es wird sich alles einrenken...«

Anfangs kam es mir vor wie Betrügerei, eine Betrügerei, mit der mein Vater einverstanden und an der er beteiligt war, was ich ihm lange übelnahm.

Selbst in der Schule konnte ich nicht wirklich unbeschwert sein. Oft fragte ich mich, ob meine Kameraden nicht nur deshalb nett zu mir waren, weil ihre Eltern eine Gefälligkeit von meinem Vater erwarteten, und das dehnte sich auch auf meine Lehrer aus. Einmal habe ich einen von ihnen aus der Präfektur kommen sehen, und später hörte ich bei Tisch:

»Der Arme! Die Ärzte verbieten ihm das Seeklima, und ausgerechnet hierher hat man ihn versetzt. Ich habe ihm meine Unterstützung zugesagt, daß er eine Stelle in Savoyen bekommt.«

Die Eltern meiner Freunde hingen alle mehr oder weniger in irgendeiner Weise von meinem Vater ab, und ich fühlte mich mit niemandem auf gleicher Ebene. Manchmal hatte ich Lust auszurufen: »Alles Betrug!«

Doch mein Vater übte keinen Betrug. Er tat gewissenhaft, was zu tun ihm aufgetragen war, davon habe ich mich seither überzeugen können.

Ich war einfach zu jung, um hinter die Kulissen zu sehen, und nicht in der Lage, die Dinge zu durchschauen. Das ist auch einer der Gründe, warum ich meiner Schwester nicht böse sein kann, weil sie unsere Position als etwas Gegebenes hinnahm und deshalb die Welt in zwei Lager einteilte: diejenigen, die Bescheid wissen, und die, die nicht Bescheid wissen – ich würde sagen, die Naiven und die anderen –, und weil sie für die Naiven nur Verachtung übrig hat.

Ich dagegen, instinktiv oder aus Protest, habe mich auf die Seite der Naiven gestellt. Und als ich merkte, daß Nicolas auch dazu gehörte, wurde er mein Freund.

Drei Jahre lang hatte ich ihn kaum wahrgenommen, denn in jeder Klasse gibt es eine gewisse Anzahl von Schülern, die nur Komparserie zu sein scheinen, und auch die Lehrer merken offenbar nicht, daß sie anwesend sind.

Das war auch bei ihm so. Von langsamer Auffassungsgabe oder auch nur phlegmatisch, war er einer der Letzten in der Klasse, aber nicht aufsässig genug, um sich zu profilieren. Er gehörte weder zu denen, die nach Schulschluß mit dem Fahrrad in einen Vorort oder aufs Land fuhren, noch zu denen, die in kleinen Gruppen aufeinander warten, um den Weg gemeinsam zurückzulegen.

Erst mußte in der dritten Klasse unser Englischlehrer einen Pik auf ihn haben, ehe ich ihn bemerkte. Dieser Lehrer, das habe ich später erfahren, führte eine unglückliche Ehe, er war beim Lehrkörper unbeliebt und hatte überdies die Angewohnheit, sich in jedem Schuljahr einen Prügelknaben auszusuchen. Die Schüler machten ihm Angst, und er brauchte einen, an den er sich halten konnte, ohne daß er ihm gefährlich wurde.

In jeder Englischstunde erlebten wir alsbald eine Art Sketch zwischen ihm und Nicolas, der schon darauf gefaßt war und sich mit hochrotem Gesicht und ebensolchen Ohren von seinem Platz erhob.

Aus den Anspielungen dieses Lehrers habe ich erfahren, daß Nicolas' Mutter Babywäsche verkaufte, Artikel für Kleinkinder und Spielzeug, was genug Stoff für billige Spötteleien lieferte. Ich kannte den Laden, der in der Rue Guitton zwischen unserem Metzger und einem Lederwarengeschäft eingezwängt lag, und bald machte ich fast täglich den Weg gemeinsam mit Nicolas.

Sein Vater war in einem Sanatorium gestorben. Auch er, obwohl er so viel robuster wirkte als ich, hatte zwei

Jahre im Hochgebirge verbracht, und seine Mutter wachte ängstlich darüber, daß er auch nicht die kleinste Erkältung bekam. Er hatte so viel über Krankheiten gehört, daß er schon damals entschlossen war, Medizin zu studieren.

»Natürlich nur, wenn ich das Abi schaffe!« schloß er, denn er hatte nicht das geringste Selbstvertrauen.

Im Gegensatz zu ihrem großen Jungen, der sich wie ein Riese bewegte, war die Mutter klein und zierlich. Sie schien dazu geboren, Witwe zu sein und geräuschlos in der wattigen Atmosphäre ihres Babygeschäfts umherzutrippeln.

Sie war mir dankbar dafür, daß ich mich mit ihrem Sohn angefreundet hatte, und vergaß nie, daß ich der Sohn des Präfekten war, und das war mir unangenehm. Wenn ich zu Nicolas nach Hause kam, um mit ihm zu lernen, lief sie in die Küche hinter dem Laden und ließ eiligst jede Spur von Unordnung verschwinden.

»Darf ich Ihnen etwas anbieten, Monsieur Alain?«

Es vergingen Monate, und Nicolas mußte dabei helfen, bis sie mich nicht mehr Monsieur nannte, und sie hat sich nie auf gleicher Stufe mit mir gefühlt.

»Eben habe ich Ihr Fräulein Schwester mit einer ihrer Freundinnen vorbeigehen sehen. Was für eine hübsche junge Dame! Und wie vornehm sie ist!«

Nicolas trug durchaus einiges zu meiner Entwicklung bei. Wie seine Mutter nahm er die Welt hin, wie sie war, ebenso seinen angestammten Platz darin, und ich habe nie auch nur einen Anflug von Auflehnung an ihm bemerkt, nicht einmal gegen unseren Englischlehrer.

Ich glaube, daß er ein glücklicher Mensch war, und sicher ist er das noch heute. Er lebt in dem Städtchen Charentes, wo er sich als Arzt niedergelassen hat, und auch seine Mutter ist dorthin gezogen, um ihren Lebensabend in seiner Nähe zu verbringen.

»Darf ich Sie fragen, Monsieur Nicolas, wovon Sie gerade träumen?«

Ich sehe ihn noch vor mir, wie er von seinem Platz am Fenster aufsprang und verwirrt um sich blickte.

»Entschuldigung, Monsieur!«

Er war der einzige, den der Lehrer nicht bei seinem Familiennamen nannte, zweifellos, weil er seinen Vornamen, Nicolas, lächerlich fand.

Wir verstanden uns jedenfalls gut, Nicolas und ich. Ich verkehrte immer weniger mit den anderen Gruppen, zu denen ich im übrigen nie wirklich gehört hatte, und er wurde mein einziger Freund. Wir sind lange befreundet geblieben, bis 1928, und dennoch habe ich nicht ein einziges Mal den Wunsch verspürt, ihm mein Herz auszuschütten.

Im Grunde hatte ich mir einen bequemen Kameraden ausgesucht, und meine Wahl war zugleich ein Protest.

»Abgemacht, mein Lieber«, sagte mein Vater am Telefon. »Aber nein, ich bitte Sie, bemühen Sie sich nicht. Wenn Sie morgen früh jemanden in mein Büro schicken, liegt das Papier für Sie bereit.«

Für einige war alles ganz einfach. In den Gängen der Präfektur sah ich dagegen manchmal alte Bäuerinnen, ihre Einkaufstasche in der Hand, die sich an den Erstbesten hängten.

»Entschuldigen Sie, Monsieur, könnten Sie mir vielleicht sagen, wohin man sich wegen der Altersrenten wenden muß?«

Vor anderen Türen standen schlechtrasierte Männer Schlange und gaben Frauen ihrem Baby die Brust.

Ich nahm meinem Vater seine Stellung und seine Macht nicht übel, war aber auch nicht stolz auf ihn. Ich bedauerte ihn eher, daß er gezwungen war, auf alle möglichen Leute Rücksicht zu nehmen, ihnen zuzulächeln, sie »mein Lieber« zu nennen, ein Ausdruck, den ich verabscheute, oder sie zu uns zum Essen einzuladen.

Es gab zu dieser Zeit in La Rochelle eine wichtige Persönlichkeit namens Porel, die sehr indirekt in der Tragödie von 1928 eine Rolle gespielt hat, und daher ist es, glaube ich, nicht unangebracht, von ihr zu sprechen.

Porel bekleidete keine gehobene Position, hatte keinerlei Titel, nicht einmal einen Beruf, er war jedoch eine Art Institution und hat meinen Vater wohl öfter seine Macht fühlen lassen. Mein Vater hat meines Wissens mehrmals versucht, ihn für sich einzunehmen, es ist ihm jedoch nie gelungen.

Porel war der Sohn eines Fischers. Er hatte als Kapitän zur See angefangen, in den Diensten eines Reeders am Ort, dessen Schiffe Kohle aus England importierten. Was war tatsächlich geschehen? Ich habe mich damals nicht dafür interessiert, ich weiß nur, daß Porel die Kündigung nahegelegt worden war.

Mit seinen vierzig Jahren verbrachte er nun Tag für Tag auf den Quais, auf dem Fischmarkt, auf der Mole von La Pallice und in den Hafencafés, vor allem bei Emile, wo er in einer Ecke beim Fenster seinen Tisch hatte.

Er war blond, ziemlich dick, ungepflegt, und als ich ihn zum ersten Mal gesehen habe, nachdem zu Hause über ihn gesprochen worden war, war ich erstaunt, wie unschuldig, fast möchte ich sagen, harmlos er aussah. Von weitem erinnerte er mich ein wenig an Nicolas, er hatte dieselben hellen Augen, nur daß er eine Brille trug, mit Gläsern so dick wie Vergrößerungsgläser.

Welche Rolle Porel im Leben der Stadt und in der Lokalpolitik eigentlich spielte, ist schwer zu sagen, will man nicht in die Übertreibungen des einen oder des anderen Lagers verfallen.

Für die Regierung, die Präfektur, die Reeder und zum Beispiel Nicolas' Mutter war er ein skrupelloser Agitator, der gern im trüben fischte und mit einem gewissen sadistischen Vergnügen Verwirrung stiftete. Sie wußten, daß sich hinter seiner grobschlächtig-naiven Art eine fast dämonische Intelligenz und ein sicherer juristischer Instinkt verbarg, der die Obrigkeit schon des öfteren in Verlegenheit gebracht hatte.

Für die anderen war er eine Art Held, ein Mann, der sich auskannte, einer, der sie nicht von oben herab behandelte, sondern bereit war, ihnen zuzuhören und Ratschläge zu erteilen.

Sein Vater hatte ihm Anteile an zwei oder drei Trawlern hinterlassen, doch das trug ihm nicht genug ein, um davon leben zu können. Porel war verheiratet und hatte drei oder vier Kinder – eins davon kam gerade ins Gymnasium, als ich es verließ – und lebte in der Nähe von Lalou in einem von unbebautem Gelände umgebenen Häuschen.

Von wem wurde er finanziell unterstützt? Etwa vom Syndikat der Docker, deren mehr oder weniger geheimer Chef er war?

Er hatte nicht nur die Docker von La Pallice und dem Kohlehafen, sondern auch die Mannschaften der großen Fischereitrawler in der Hand, und er konnte, so wurde behauptet, im Trockendock einen Streik auslösen.

Ich weiß, daß ihn mein Vater kurz vor den letzten Wahlen mehrere Male in seinem Büro empfangen hat, fast heimlich, abends nach dem Essen. Haben sie einen Handel zusammen abgeschlossen? Mußte mein Vater als Vertreter der Regierung Porel neutral stimmen, und hat sich dieser überzeugen lassen?

Von all dem weiß ich so wenig, wie Du von meiner Tätigkeit weißt. Erst nachträglich versucht man zu verstehen, und dann stellt man fest, daß man gelebt hat, ohne um sich herum etwas wahrzunehmen.

In meiner Erinnerung ist Porel fast eine legendäre Figur, ein Symbol, Inbegriff eines Rebellen, was ihm damals in meinen Augen einen gewissen Nimbus verlieh.

Versteh mich recht. Ich habe nicht so offen Partei ergriffen, wie Du jetzt vielleicht glaubst. Mein Vater stand für die »anerkannte« Ordnung, während zum Beispiel sein Referent, Monsieur Tournaire, und später Dein Onkel Vachet die »auferlegte« Ordnung symbolisierten oder, wenn Du lieber willst, die Schlaufüchse und die Profiteure.

Zwischen ihnen und der von Porel verkörperten Rebellion standen Nicolas und seine Mutter, sie bildeten – in ihrer sauberen und ärmlichen Wohnung hinter dem Laden mit Baby-Artikeln – die Kategorie der »braven Leute«, derer, die gehorchen, weil sie zum Gehorchen erzogen sind und nie etwas in Frage stellen.

Es war schon paradox: Da lebte ich in einem Milieu, das engstens mit der Politik verflochten war, Deputierte, Senatoren oder Räte saßen mit uns am Tisch und sprachen darüber, und trotzdem habe ich nie einen Begriff davon gehabt, was rechts oder links hieß; ich kannte kaum den Unterschied zwischen den Parteien und lehnte es ab, Zeitung zu lesen.

Ich war kein Aufrührer, wollte keinen Umsturz herbeizwingen. Meine Sympathien gehörten nur einfach mehr den Regierten als den Regierenden oder, krasser ausgedrückt, mehr den Unterdrückten als den Unterdrückern.

In Nicolas' Gesellschaft fühlte ich mich wohl. Wir sind nie auf die Idee gekommen, über diese Fragen zu diskutieren. Wer weiß, vielleicht habe ich ihn deshalb gewählt, weil es bei ihm nicht nötig war, viele Worte zu machen? In seinen Augen war alles einfach. Erst mußte er das Abitur schaffen, was äußerst fraglich war. Dann würde er in Bordeaux, wo er eine Tante hatte, Medizin studieren, und schließlich würde er sich in der Umgebung von La Rochelle niederlassen, am besten in einem Dorf, denn seine Mutter träumte davon, ihr Leben auf dem Land zu beschließen.

Seine Ansichten über Menschen waren ebenfalls sehr einfach und gradlinig. Meistens sagte er: »Der Typ ist in Ordnung.«

Denn er sah nie das Böse. Ich frage mich, ob sein Optimismus nicht zum Teil daher rührte, daß er als Kind in ein Lungensanatorium gekommen war und keine Hoffnung gehabt hatte, es lebend wieder zu verlassen. Sein Leben wurde etwas wie ein zweites Geschenk des Himmels, denn er war katholisch und fand jeden Morgen vor der Schule die Zeit, zur Messe zu gehen.

Über Religion redeten wir nicht mehr wie über Politik. Es kam ihm nur merkwürdig vor, daß ich keine erste heilige Kommunion gehabt hatte und immer nur zu Hochzeiten oder Beerdigungen in die Kirche ging.

Wir erhielten gleichzeitig unsere ersten langen Hosen – heute bekommt man sie früher –, und wir haben gemeinsam unsere ersten Zigaretten geraucht, er heimlich, weil seine Mutter es ihm verboten hatte, ich in aller Öffentlichkeit, denn mein Vater fand nichts dabei.

Gemeinsam gingen wir auch an einem Winterabend in eins der Häuser im Rotlichtviertel bei der Kaserne, vor dem wir uns, wie abgemacht, eine Stunde später wieder trafen.

Wir waren einer so verlegen, enttäuscht, wenn nicht gar angeekelt wie der andere, doch wir sprachen nicht darüber, und als er noch einmal hinging – ich weiß es, weil ich auch noch einmal hinging und man mir von ihm erzählte –, ging er ohne mich.

Du hattest letztes Jahr einen Freund, der mich an Nicolas erinnert hat, Ferdinand mit Namen, dessen Vater, wie Du mir sagtest, Metzger war, was Deine

Mutter schaudern ließ. Er hat Dich zwei- oder dreimal besucht. Ihr seid wohl öfter zusammen ausgegangen, doch Du hast ihn dann, wie die andern auch, nicht mehr erwähnt.

Hatte mein Vater irgendeinen Grund, Verdacht zu schöpfen? War Nicolas das für mich, was man einen schlechten Umgang nennt?

Mein Vater wußte über mein Tun und Lassen mehr als ich über das Deine, was aber kein Vorwurf an Dich sein soll.

Ich hatte natürlich mehr Ehrfurcht vor ihm als Du vor mir, und wenn ich ihn auch bedauerte, weil er gewisse Rücksichten nehmen und sich seiner Funktion entsprechend verhalten mußte, so nahm ich es ihm doch nicht übel. Im Gegenteil, ich hatte Mitleid mit ihm, denn ich war überzeugt, daß es ihm ebensosehr gegen den Strich ging, wie es mir gegen den Strich gegangen wäre.

Ich bemitleidete ihn auch, weil er, wenn ihm seine Amtsgeschäfte eine Atempause gönnten, nur den abwesenden Blick meiner Mutter vorfand, und ich bewunderte die Geduld, die er ihr gegenüber aufbrachte.

Ich war sicher, daß meine Eltern seit der Krankheit meiner Mutter nicht mehr als Mann und Frau zusammenlebten, das wäre mir unvorstellbar, ja geradezu ungeheuerlich erschienen, und eigentlich wünschte ich meinem Vater, der immer noch ein schöner Mann war, daß er eine Geliebte hätte.

Hatte er eine? Wenn ja, so ist mir jedenfalls nichts darüber bekannt. Und in unserer Stadt konnte er ja keinen Schritt machen, ohne von jemandem erkannt zu werden.

Einmal im Monat fuhr er nach Paris, um mit dem Innenministerium und anderen Dienststellen Kontakt zu halten, und gewöhnlich blieb er dort zwei bis drei Tage.

Hatte er dort ein Verhältnis, oder begnügte er sich mit flüchtigen Affären?

Ich habe ihn natürlich nie danach gefragt, wobei ich heute sicher bin, daß er mir freimütig und ohne Scheu geantwortet hätte, wie ich es täte, wenn Du mich fragen würdest.

Fast jeden Abend waren wir ein paar kurze Augenblicke allein zusammen, nach Art meiner Besuche bei Dir im Zimmer, nur mit dem Unterschied, daß ich derjenige war, der ihn besuchte.

Die Wohnung in der Präfektur war riesig, und meine Schwester bewohnte vor und nach ihrer Heirat den hinteren Teil über dem zweiten Hof, während ich mein Zimmer im unteren Stockwerk hatte. Es gab kein kleines Eßzimmer für die Familie, nur einen prunkvollen Speiseraum neben dem Salon mit den Säulen, wo die Empfänge und Bälle stattfanden.

Wenn wir ohne Gäste aßen, was nur zwei- bis dreimal die Woche vorkam, saßen wir zu fünft um einen Tisch, der ohne die Ausziehplatten für zwölf Gedecke Platz hatte, so daß zwischen uns, meiner Mutter, meinem Vater, meiner Schwester, ihrem Mann und mir, riesige Zwischenräume lagen und Valentin, der Butler, einen weiten Weg vom einen zum anderen hatte.

Dieser Speisesaal ist in meiner Erinnerung der dunkelste Raum, vielleicht, weil abends nicht der gewaltig große Lüster mit den fünfzig kerzenförmigen Lämpchen, sondern bloß elektrische Kandelaber an den beiden Enden des Tisches angezündet wurden.

Die Wände blieben im Halbdunkel, und ich hatte hinter dem Kopf meiner Schwester eine Tapisserie mit verblichenen Farben im Blickfeld, auf der man undeutlich Hirsche, Hirschkühe und einen Bach unterscheiden konnte.

An der rechten Wand hing ein Gemälde vom Anfang des letzten Jahrhunderts, das eine Gänsemagd darstellte, und ich sehe noch die Gans im Vordergrund, größer gemalt als die anderen, deren kreidiges Weiß sich vor dem Hintergrund abhob und mich an gekochtes Geflügel denken ließ.

Auch bei uns in der Avenue Mac-Mahon bedient jemand bei Tisch, aber wenigstens zwischen den Gängen sind wir allein und können reden, was wir wollen.

Ich habe diese Freiheit als Kind nie gekannt, hinter uns bewegte sich immer die schwarzweiße Gestalt eines Butlers mit unbewegtem Gesicht, dessen behandschuhte Hände uns die Gerichte reichten.

Es ist manchen Deiner Freunde, die gelegentlich bei uns aßen, seltsam, vielleicht auch übertrieben vorgekommen, wenn sie sahen, daß ich Deiner Mutter den Stuhl hingeschoben habe, bevor ich meinen Platz einnahm, womit ich nur meinen Vater imitiere, für den es ganz normal war.

Meine Mutter setzte sich, dankte mit keinem Lidaufschlag und keinem Lächeln, wie eine Monarchin, die die Huldigung eines Untertanen entgegennimmt, und aß schweigend, ohne sich am Gespräch zu beteiligen.

Meist bestritten Vachet und meine Schwester die Konversation, und manchmal, wenn Dein Onkel sich über etwas ereiferte oder besonders aggressiv oder schneidend war, warf mir mein Vater heimlich einen Blick zu oder wartete darauf, daß ein kurzes Schweigen eintrat, um mich zu fragen:

»Und du, mein Sohn, was hast du heute gemacht?«

Ich weiß nicht, wie ich die Art des Einverständnisses beschreiben soll, die zwischen uns herrschte. Bisweilen habe ich den Eindruck, daß sie auch zwischen Dir und mir existiert, doch wahrscheinlich ist das nur mein Wunschdenken.

Bei uns ist es Deine Mutter, die redet, wir brauchen ihr nicht einmal die Stichworte zu liefern. Bei mir zu Hause waren es Deine Tante und Dein Onkel, und ich habe sie im Verdacht, daß sie es manchmal darauf anlegten, uns, meinen Vater und mich, zu provozieren.

Ganz gleich, was es war – Kunst, Literatur, Philosophie oder Musik, allgemeine Sitten und Gebräuche oder Wohnungseinrichtungen oder auch Rechtssprechung oder Verwaltung –, Vachet hatte stets dezidierte Meinungen, die fast immer denen meines Vaters diametral entgegengesetzt waren, und es schien ihm eine Genugtuung zu sein, sie herausfordernd zu äußern.

Ich will nicht behaupten, daß er Arlette aus Berechnung geheiratet hat. Ich weiß nicht einmal, wie sich die beiden kennengelernt haben, denn im allgemeinen hatten wir mit den Angestellten der Präfektur keinen Kontakt, außer mit Armand Tournaire, dem hochverehrten

Monsieur Tournaire, seinem persönlichen Referenten, mit Hector Loiseau, dem Generalsekretär, und hin und wieder mit der persönlichen Sekretärin meines Vaters, Mademoiselle Bonhomme.

Sie mußten sich in der Stadt begegnet sein. Dort machte ich auch die Bekanntschaft des jungen Mädchens, von dem ich Dir bald erzählen will.

Vachet hatte bereits einen längeren Weg hinter sich als die meisten jungen Leute seines Alters und seiner Herkunft, aber er wußte auch bereits, daß er viel höher hinaus wollte.

Wußte mein Vater um seinen Ehrgeiz und vertraute ihm ganz einfach? Oder hat er nur in die Heirat eingewilligt, weil er seinem Grundsatz treu bleiben wollte, sich nicht in das Leben anderer einzumischen, auch nicht in das seiner Kinder?

Ich war immer der Ansicht gewesen, daß die jungen Eheleute, wenn sie nur gewollt hätten, eine eigene Wohnung gefunden hätten. Doch genoß Vachet es sichtlich, zur Familie des Präfekten zu gehören, sein Leben mit ihm zu teilen, und sonnte sich in seinem Ansehen. Außerdem war es bestimmt in jeder Hinsicht praktisch für ihn.

Wenn meine Eltern auch kaum Vermögen hatten, so öffnete die Position meines Vaters einem jungen, ehrgeizigen Mann doch viele Türen, während er ansonsten lange hätte auf der Stelle treten müssen.

Ich war ungefähr in Deinem Alter, als ich sah, wie ein Mitglied der Familie sich nach und nach von ihr löste, und es hat mich sehr beschäftigt.

Bis zu diesem Zeitpunkt war Arlette für uns alle eine

Lefrançois gewesen, und ich vermute, daß ihre Beziehung zu meinem Vater enger und vertrauter gewesen ist als meine. Ich merkte, wie sie Blicke tauschten, sich zulächelten, Anspielungen machten, was mich auf ein großes Einvernehmen und lange Gespräche zwischen ihnen schließen ließ.

Kaum aber war uns Vachet als Verlobter vorgestellt worden, veränderten sich die Sprache und die Vorlieben meiner Schwester gründlich, und sie legte sich auch eine neue Frisur zu. Was mich bei meinen Vorstellungen über die Liebe am meisten verwunderte, war die Haltung Vachets ihr gegenüber.

Er machte ihr nicht den Hof. Sie, die ein paar Wochen zuvor noch so stolz war, unterwarf sich ihm in allem, kam seinen Wünschen zuvor und ließ sich zurechtweisen, ohne zu murren.

Nachdem er einige Gedichte in Zeitschriften veröffentlicht hatte, begann er, einen Roman zu schreiben, und abends tippte Arlette die Seiten ab.

Hat sie noch immer die Ansichten aus jener Zeit?

»Die Frau darf nur ein Abglanz ihres Mannes sein und muß ihre Persönlichkeit der seinen opfern.«

Mein Vater sagte nichts, er runzelte nur manchmal die Stirn, und schließlich lächelte er, wenn er Vachet beobachtete, der die Fürsorge, mit der ihn seine Frau umgab, völlig selbstverständlich fand.

Seine Kollegen in der Präfektur beneideten Vachet, weil er die Tochter des Chefs geheiratet hatte, und er rächte sich an uns für das, was in seinen Augen offenbar eine Erniedrigung darstellte.

Er erschien zum Beispiel fast immer als letzter bei

Tisch und zwang uns, auf ihn zu warten, und abends kam er in der Hausjacke zum Essen, ohne Krawatte und in Pantoffeln.

»Noch eine halbe Stunde, und ich hätte das Kapitel fertig gehabt«, sagte er seufzend zu meiner Schwester.

Womit er zu verstehen gab, daß der rigide Stundenplan des Hauses für ihn ein ewiges Ärgernis war und ihn in seiner Arbeit behinderte.

Bei Menschen, die wir fast täglich sehen und die mit uns zusammen älter werden, fällt uns weniger auf, wenn sie sich verändern. Trotzdem ist von allen, die ich schon jung kannte und mit denen ich auch jetzt noch Kontakt habe, Vachet derjenige, der sich entschieden am wenigsten verändert hat.

Er ist weder fett geworden, noch geht er gebeugt, und sein scharfgezeichnetes Gesicht hat seinen anmaßenden Ausdruck bewahrt. Er erinnert mich an einen mageren Wolf, stets auf der Lauer und bereit, anzugreifen und zuzubeißen.

Seine Romane, die ich nicht mag, obwohl ich ihnen gewisse Qualitäten nicht absprechen will, spiegeln diese Aggressivität wider, dieses Bedürfnis, sich an ich weiß nicht was zu rächen, mit dem Leben und den Menschen abzurechnen. Doch gerade mit seinen »mit ätzender Tinte geschriebenen« Berichten hat er es erreicht, gefürchtet und respektiert zu werden.

Ich bin ihm auch nicht böse (sofern ich es überhaupt je war), daß er sich bei uns breitgemacht hat, mit uns am Tisch saß, wie ein Fremdkörper, ein feindliches Element, das mich daran hinderte, in aller Unbefangenheit mit meinem Vater zu reden.

Nach dem Abendessen, oft, ohne sich noch die Zeit für das Dessert zu nehmen, kehrte Vachet an seine Arbeit zurück, und meine Schwester folgte ihm auf dem Fuß. Meine Mutter ging früh schlafen, und mein Vater verließ die Wohnung und ging noch einmal in sein Büro hinüber.

Alle glaubten – wie ihr heute bei mir –, daß er arbeitete, und manchmal vertiefte er sich ja auch wirklich in einige Akten, zu deren Studium er im Laufe des ständig von Besuchen und Telefonaten unterbrochenen Tages nicht gekommen war.

Ich habe aber entdeckt, daß die Arbeitsräume meines Vaters hinter der doppelt gepolsterten Tür am Ende des Korridors mit den leeren Büros in diesen Stunden des Tages zu seiner »Rumpelkammer« wurden, zu seinem Zufluchtsort, wo er sich entspannte und nach und nach sein eigenes Leben führte.

Im Winter unterhielt er ein Holzfeuer im Kamin, und im Sommer standen die Fenster in den zweiten Hof offen, den eine Mauer vom Stadtpark trennte.

Mein Vater las. Er war noch einer der Menschen, die mit dem Stift in der Hand lasen, Passagen unterstrichen und mit winziger, aber erstaunlich leserlicher Schrift Anmerkungen an den Rand schrieben.

Das ist einer der Gründe, warum ich darauf bestanden habe, seine Bücher zu behalten und sie nicht Deinem Onkel zu überlassen.

Wenn ich meine Hausaufgaben gemacht hatte, ging ich zu ihm, und obwohl sich eigentlich nichts Besonderes zwischen uns ereignete, war es für mich der schönste Abschnitt des Tages. Wenn ich die erste gepolsterte und mit grünem Englischleder bespannte Tür hinter mir hatte, klopfte ich leise an die zweite und öffnete sie, ohne eine Antwort abzuwarten. Es war die Zeit, zu der mein Vater eine Zigarre rauchte, und ich kann den Duft des Zigarrenrauchs noch förmlich riechen, sehe ihn in geheimnisvollen, bläulichen Schleiern um die Lampe schweben.

Mein Vater wandte mir den Rücken zu:

»Bist du es, mein Sohn?« sagte er.

Er las den Absatz in seinem Buch zu Ende. Ich trat wortlos an den Kamin, im Sommer ans Fenster.

Schließlich hob er den Kopf und fragte:

»Nun?«

Jetzt, da ich selbst Vater bin, weiß ich, daß er ebenso verlegen war wie ich.

»Gut gearbeitet?«

»Nicht schlecht.«

»Alles in Ordnung?«

Oft blieben wir so, er sein offenes Buch auf den Knien, ich stehend, bis ich seine Stirn mit den Lippen streifte und schlafen ging. Andere Male besprachen wir kurz irgendein Ereignis des Tages.

Er hat mich nie zu vertraulichen Mitteilungen gedrängt und mir auch nie welche gemacht.

Eines Abends, ich war dreizehn Jahre alt, hat er dennoch nach längerem Schweigen gesagt:

»Weißt du, Alain, du darfst deiner Mutter nicht böse sein. Nie, hörst du?«

»Ich bin ihr nicht böse, Vater. Sie kann nichts dafür.«

Er unterbrach mich mit einem Anflug von Ungeduld:

»Deine Mutter, mein Sohn, ist außerordentlich tapfer. *Glaub mir das!*«

Er hat sich nicht näher darüber ausgelassen. Habe ich ihn recht verstanden? Meine Mutter bewies ihre Tapferkeit dadurch, daß sie bei uns blieb, daß sie sich bei Tisch zeigte, daß sie uns ertrug, uns und die Gäste, die uns der Beruf meines Vaters aufbürdete, anstatt sich völlig ins Nichts gleiten zu lassen.

»*Deine Mutter hat alles verloren.*«

Wollte er damit sagen, daß sie das verloren hatte, was sie ausmachte?

Es gibt Fragen, auf die sucht man besser keine Antwort. Wozu auch, zumal ja mein Vater, der Hauptbetroffene, für sich eine Antwort gefunden hatte?

Nach meinem Besuch mit Nicolas im Kasernenviertel hatte ich eine Weile wenn nicht Schuldgefühle, so doch das Verlangen, mich davon reinzuwaschen, indem ich meinem Vater davon erzählte. Ich finde in meinem Geständnisdrang noch einen zweiten, banaleren Beweggrund: die Angst vor gewissen Krankheiten, über die Nicolas auch nicht besser unterrichtet war als ich.

Eines Abends habe ich all meinen Mut zusammengenommen, und während ich die Holzscheite anstarrte, die mir in den Augen brannten, stotterte ich mit dunkelrotem Gesicht und hämmernden Schläfen hervor:

»Ich muß dir was sagen... Ich war mit einem Freund in der Rue des Saules...«

Ich brauchte es nicht näher zu erläutern, denn die Rue des Saules war das Rotlichtviertel von La Rochelle.

Ich sehe meinen Vater noch vor mir, wie er erst

überrascht war und dann lächelte. Er war genauso verlegen wie ich. »Und?«

»Nichts. Ich wollte nur, daß du es weißt.«

»Bist du zufrieden?«

Ich schüttelte den Kopf. Am liebsten wäre ich in Tränen ausgebrochen.

»Vor allem solltest du die Sache nicht tragisch nehmen. Du wirst weniger enttäuschende Erfahrungen machen. Und später mal...«

»Meinst du, ich könnte mir eine Krankheit geholt haben?«

Als ich aus seinem Büro kam, fühlte ich mich als Mann. Er hatte ganz offen und ungeschminkt mit mir geredet, wie mit einem Kameraden.

Wirst Du eines Abends den Mut haben, mir das gleiche Geständnis zu machen? Oder hast Du diese Etappe, ohne daß ich es weiß, schon hinter Dir?

Ein anderes Mal, als ich abends zu meinem Vater kam, hat er mir in einem Buch, das er gerade las, den Satz gezeigt: »*Erst wenn sie ihn nicht mehr brauchen, merken die Söhne, daß ihr Vater ihr bester Freund ist.*«

Ich habe nie herausgefunden, welches Buch es war, und ich habe nicht nach dem Namen des Autors gefragt, denn das hätte die Botschaft abgeschwächt, die mir mein Vater auf diese Weise zukommen lassen wollte. Wer weiß, vielleicht hielt er das Buch schon aufgeschlagen bereit für den Augenblick, in dem ich bei ihm eintrat?

Ich konnte tatsächlich nicht ermessen, welche Rolle er in meinem Leben spielte und auch weiterhin spielen würde, auch heute noch, obschon er tot ist.

Heute weiß ich, was seine kurzen forschenden Blicke und sein fast unmerkliches Stirnrunzeln bedeuteten, wenn er spürte, daß etwas in mir vorging, was sich seiner Kenntnis entzog.

Ahnte er, daß ich im stillen oft für Porel und gegen ihn Partei ergriff und daß ich Nicolas und seine Mutter manchmal um ihr bescheidenes und stilles Leben beneidete?

Hin und wieder fragten mich Gäste, wie Dich heute unsere Freunde:

»Was möchten Sie einmal werden? Präfekt wie Ihr Vater?«

Als ich noch klein war, antwortete ich: »Nein!«, ohne zu wissen warum und offenbar mit einer Entschiedenheit, daß alle lachen mußten.

»Arzt, Anwalt, Forscher?«

Ich machte ein verstocktes Gesicht und schämte mich, daß ich keine Antwort zu bieten hatte. Mein Vater erlöste mich regelmäßig, indem er das Gespräch auf etwas anderes lenkte.

Die meisten meiner Kameraden hatten eine Vorstellung von dem Beruf, den sie später einmal ergreifen wollten, und einige von ihnen haben ihren Jugendtraum auch tatsächlich verwirklicht.

Ich hatte Angst vor dieser Frage. Ich fühlte mich schuldig, weil ich nicht wußte, welchen Platz ich einnehmen sollte, ich kam mir vor wie einer, der seine Bürgerpflicht versäumt, was für mich fast auf dasselbe hinauslief, wie sich vor dem Militärdienst zu drücken oder ausgemustert zu werden.

Ich versuchte, mich in Gedanken in dieser oder jener

Rolle zu sehen, aber es gelang mir nicht, ich hielt mich schon beinahe für einen Versager, ein unbrauchbares Glied der Gesellschaft.

Ich wollte kein Vorgesetzter sein, andererseits aber doch auch nicht Arbeiter oder einer dieser kleinen Angestellten, die vorne in der Präfektur irgendwelche Formulare ausfüllten.

Ich wollte nicht Befehle erteilen und über das Schicksal meiner Mitmenschen bestimmen, und gleichzeitig wollte ich auch nicht der sein, der gehorchen mußte.

Nicolas hatte mir beinahe Lust darauf gemacht, Medizin zu studieren, und sei es auch nur, damit wir uns nach Abschluß des Gymnasiums nicht trennen mußten. Aber oje! Ich konnte kein Blut sehen, und schon das Wort Krankheit bedrückte mich.

Mit etwa vierzehn oder fünfzehn Jahren antwortete ich einem Deputierten, der mich fragte:

»Ich glaube, ich studiere Jura.«

Ich sagte das ohne jeden Anlaß, ohne nachgedacht zu haben, und mein Vater, der dabeistand, fuhr zusammen, dann lächelte er unwillkürlich. Freute es ihn, daß ich wenigstens für den Anfang in seine Fußstapfen treten wollte? Ich nahm es an und sagte darum weiterhin und mit mehr Überzeugung:

»Ich studiere Jura.«

Dabei wußte ich damals schon, daß ich nie zum Gericht gehen würde und es mich noch weniger reizte, in die Politik zu gehen. Rückblickend gebe ich gerne zu, daß meine Entscheidung eine Art Resignation oder Feigheit war. Ich brauchte nicht mehr nach meinem Weg zu suchen, mich nicht mehr damit abzuquälen, mein eigenes Schicksal in die Hand zu nehmen, sondern konnte einfach das übernehmen, was mir vorgezeichnet schien.

Mein Vater und meine beiden Großväter waren im Staatsdienst gewesen, und dasselbe würde ich tun.

Später würde man dann sehen. Einstweilen war ich erleichtert, mir keine Fragen mehr stellen zu müssen. Trotzdem fühlte ich mich innerlich gedemütigt...

Ich weiß nicht, wie weit Du in dieser Beziehung schon bist, und so frage ich Dich auch lieber nicht.

Ich habe gleichzeitig mit Nicolas 1926 mein Abitur gemacht, ein paar Monate nach der Heirat meiner Schwester; nachträglich bin ich erstaunt, so viele Jahre auf ein paar Seiten zusammenschrumpfen zu sehen. Dabei lasse ich nichts aus, komme im Gegenteil vielmehr zu sehr ins Erzählen, denn plötzlich erinnere ich mich an Ereignisse, die mir damals nicht weiter aufgefallen waren.

Ich habe ein Motorrad geschenkt bekommen, das ich mir schon lange gewünscht hatte, obwohl ich einen Bammel davor hatte. Rohe Gewalt, Schmerzen und Krankheit fand ich immer schrecklich, und darum stellte das Motorrad, eine schwere gelbe Maschine, die vibrierte und knatterte, eine Art Herausforderung für mich dar. Ich gab damit an, ich spielte den Helden.

Im Oktober begann ich mein Jurastudium in Poitiers, wo mir mein Vater ein möbliertes Zimmer hinter dem Rathaus in einem kleinen sauberen Häuschen in der Art der Häuser von Fétilly gemietet hatte. Bei den Blancpains, so hießen meine Vermieter, roch es wie bei Nicolas.

Ich sehe meinen Vater wieder vor mir, der mir noch nie so elegant und vornehm vorgekommen war, wie er in meinem Zimmer im ersten Stock stand, nachdem uns die Vermieterin taktvoll allein gelassen hatte. Die Tapete an den Wänden war gelb, mit rosaroten Blumen darauf, auf dem Nußbaumbett lag eine Tagesdecke über dem dicken Plumeau, und vor dem Kamin stand ein kleiner Ofen, in dem einige Kohlen glühten.

Mein Vater öffnete das Fenster und blickte nach links und nach rechts. Vor der Haustür hielt eine Gemüsefrau mit ihrem Karren. Es war zehn Uhr vormittags, und der Himmel war einheitlich hellgrau. Alles war grau an diesem Tag, grau und trüb.

»Nun, mein Sohn?«

Ich habe ihn wohl angelächelt.

Er machte mechanisch die Schubladen der Kommode auf und die beiden Türen des Spiegelschranks, in dem Kleiderbügel auf meine Anzüge warteten.

»Ich muß zurück nach La Rochelle.«

»Ich weiß.«

Wir blieben etwas befangen voreinander stehen.

Mein Vater riß sich als erster aus der Erstarrung und meinte, als wäre damit alles gesagt:

»Nun gut!«

Dann, an der Tür, fragte er:

»Du kommst doch am Samstag?«

»Ich denke, ja... Sicher... Wenn nicht...«

»Auf Wiedersehen, mein Sohn.«

Mein Leben als erwachsener Mensch begann.

7

Man hätte annehmen können, die Brücken zu La Rochelle seien nun abgebrochen und für die nächsten Jahre Poitiers das Zentrum meines Lebens. Poitiers, das war mein Zimmer bei den Blancpains mit der rosa geblümten Tapete und dem weichen Oberbett, das ich jeden Morgen auf dem Fußboden fand; das war die Küche mit der Glastür am Ende des Korridors im Erdgeschoß, in die ich morgens hinunterging, um meinen Kaffee zu trinken; das war aber auch die Gemüsefrau, die täglich gegen zehn Uhr vorbeikam; das waren schließlich die langen Säle und Gänge der Universität und die gemütlichen Studentencafés.

Trotzdem fühlte ich mich in Poitiers nie richtig heimisch, blieb mir dort alles fremd.

Dabei war ich noch nicht über das Alter hinaus, in dem man das Leben mit allen Fasern aufsaugt, es auf der Zunge schmeckt, auf der Haut spürt, in dem man zur Außenwelt einen viel sinnlicheren Kontakt hat.

Wird das, was ich hier aufschreibe, etwas in Dir zum Klingen bringen? Ich habe Leute meines Alters nie danach zu fragen gewagt, nicht einmal Deine Mutter, dabei geht es den anderen Erwachsenen sicher genauso wie mir. Man schämt sich, an bestimmte Themen zu rühren, wie man sich etwa im Traum schämt, wenn man sich im Hemd auf der Straße befindet.

Ich bilde da keine Ausnahme. Wie für alle gingen auch für mich die Jahre in rhythmischem Auf und Ab dahin, in dem das Leben mich mal überrollte, dann sich wieder zurückzog, unauslöschliche Spuren hinterlassend, wie der salzig riechende Tang, der nach der Flut auf dem Strand zurückbleibt.

Und dann kommt der Tag, an dem die Welt keinen eigenen Duft mehr hat, an dem die Landschaften, die Dinge aufhören, ein Eigenleben zu führen, und einfach nur noch tote Gegenstände sind.

Trotz aller Genauigkeit sind meine Erinnerungen an Poitiers keine lebendigen Erinnerungen. Weniger weil ich bereits das verloren hatte, was ich sozusagen den Zustand der Gnade nennen möchte, sondern weil wider Erwarten La Rochelle mehr denn je zum Zentrum meines Lebens werden sollte. Aus der »Vogelperspektive« betrachtet, bilden diese zwei Jahre auch heute noch den topographischen Mittelpunkt meines Lebens.

Denn dort sollte sich mein Schicksal entscheiden und damit auch das meiner Familie.

Ich war achtzehn Jahre alt und ein gutgebauter, kräftiger Junge, der auf seinem schweren neuen Motorrad keine schlechte Figur machte. Ich war vom Gymnasiasten zum Studenten avanciert und hatte ein eigenes Zimmer in Poitiers, ich war frei und blickte furchtlos in die Welt, die sich mir Stück für Stück auftat.

Am Samstagabend fuhr ich meistens nach La Rochelle, wo ich mein Zimmer wiederfand, das mir bereits verändert erschien, den schlecht beleuchteten Speisesaal, den starren Blick meiner Mutter und Vachets aggressive Kommentare.

Von Nicolas hatte ich erst zwei Postkarten bekommen, auf denen er mir mitteilte, daß in Bordeaux alles gut lief, daß »die Profs ganz nett« waren und daß er mir »in den Weihnachtsferien jede Menge zu erzählen« haben würde.

Ausgerechnet jetzt, wo die Ereignisse anfangen, bedeutsam zu werden, läßt mich mein Gedächtnis im Stich. Genauer gesagt, es fällt mir schwer, die Geschehnisse in ihrer chronologischen Reihenfolge wiederzugeben. Was ich wiederfinde, sind Bilder, so gestochen scharf, als wären sie mit der Graviernadel gezeichnet, doch vermag ich sie nicht mehr richtig zusammenzusetzen.

Zum Beispiel sehe ich mich noch am ersten Sonntag an der Place d'Armes in La Rochelle auf dem Trottoir vor dem Cinéma Olympia in der Pause eine Zigarette rauchen, und ein Schulkamerad geht mit seiner Freundin vorbei und zwinkert mir zu. Es ist grau und kalt. Meine Schwester und mein Schwager geben eine Abendgesellschaft, und beim Nachhausekommen höre ich, wie sie sich im Salon unterhalten.

Ein anderes Kino, in Poitiers, an einem andern Wochenende. Ich war dort geblieben, weil seit Freitagabend ein eisiger Regen fiel und die Straßen mit Glatteis bedeckt waren. Ich war in das Studentencafé gegangen, hatte nach dem Essen allein an meinem Tisch ein Bier getrunken und den Studenten im dritten Jahr beim Billardspiel zugesehen.

Dergleichen Bilder könnte ich auslegen wie ein Kartenspiel, darunter das von einem Café in La Rochelle am Weihnachtsabend, in dem ich mit Nicolas saß. Wir hatten viel getrunken, was bei mir zum ersten Mal vorkam, und mein Freund war mächtig aufgeregt.

»Gibt's da Frauen?« fragte er mich in triumphierendem Tonfall. Er meinte Poitiers.

Ich wußte es nicht, die Idee war mir noch gar nicht in den Sinn gekommen. Lediglich in dem Café, in das ich immer ging, hatte ich eine junge Frau bemerkt, die stets allein am Fenster saß, als erwarte sie jemanden.

»In Bordeaux gibt's jede Menge, mein Lieber!«

Er hatte sich in dieses Thema verbissen und redete noch um ein Uhr morgens vor dem Portal der Präfektur davon, wohin er mich begleitet hatte.

»Wir müssen uns hier welche für die Ferien suchen. Ich weiß jetzt, wie man's macht!«

Im Salon stand ein riesiger Tannenbaum, aber er war nicht für uns, es war der offizielle Baum, und nachmittags hatten die Kinder der Angestellten und diese selbst darum herumgestanden, um ihre Geschenke in Empfang zu nehmen. Meine Schwester und Vachet feierten Weihnachten in der Stadt. Meine Mutter schlief, und ich fand meinen Vater lesend in der dumpfen Zurückgezogenheit seines Büros, in dem der Zigarrenqualm dichter war als gewöhnlich.

»Frohe Weihnachten, Vater!«

»Frohe Weihnachten, mein Sohn!«

Er mußte gemerkt haben, daß ich getrunken hatte. Mir wurde bewußt, daß meine Augen glänzten und mein Gang eine Spur unsicher war.

»Hast du dich gut amüsiert?«

»Nicolas und ich haben den Abend im ›Café de la Paix‹ verbracht und uns unterhalten.«

Er kannte Nicolas flüchtig von dessen gelegentlichen Besuchen her.

»Geht's Mama gut?«

»Ja. Sie ist früh zu Bett gegangen, wie gewöhnlich. Und ich gehe auch bald schlafen.«

Vielleicht wollte er noch das Kapitel oder das Buch zu Ende lesen.

»Gute Nacht!«

»Gute Nacht.«

Am nächsten Morgen wachte ich fiebrig und zerschlagen auf, mit ausgetrocknetem Mund, schweren Beinen und einem Schnupfen, von dem ich in wenigen Stunden eine rote Nase bekam. Vielleicht eine beginnende Grippe, mit Sicherheit aber die Folge des ungewohnten Alkohols.

Drei Tage lang schleppte ich mich im Pyjama zwischen meinem Bett und meinem Sessel herum, ich versuchte zu lesen, schaute aus dem Fenster, und selbst die Zigaretten schmeckten schlecht.

In diesem Jahr hatten wir weiße Weihnachten, doch war es nicht das fröhliche, belebende Weiß des Schnees. Es herrschte Frost. Früh am Morgen, als die Gläubigen in die ersten Messen gingen und die, die lange gefeiert hatten, nach Hause zurückkehrten, war ein Graupelschauer niedergegangen, dessen Körner zwischen den Pflastersteinen liegenblieben. Um zehn Uhr vormittags ahnte man noch den Eisregen in der Luft, fein wie Staub. Der Himmel, die steinernen Häuserfassaden, die Gehsteige glänzten weiß und bedrohlich wie blanke Messer.

Béatrice, unsere damalige Köchin, brachte mir mein Frühstück, das ich nicht anrührte, dann kam mein Vater im Morgenmantel zu mir.

»Geht es dir nicht gut?«

»Ich glaube, ich bekomme eine Grippe.«

Er blieb ungefähr zehn Minuten bei mir. Er wirkte verloren an diesem Weihnachtstag, wie an allen Feiertagen, wenn in den weitläufigen Gebäuden eine große Leere herrschte.

Ich hatte keinerlei Vorahnung. Am ersten Tag in Poitiers war ich erregt gewesen bei dem Gedanken, daß nun ein neues Leben für mich begann – ein Gedanke, der sich als falsch herausstellte. Doch niemals hätte ich vermutet, daß mit diesen Tagen allein in meinem Zimmer in La Rochelle, in denen die schattenhaft vorbeihuschenden dunklen Gestalten auf dem Gehsteig gegenüber meine einzige Zerstreuung waren, der erste Teil meines Lebens dahinging und gleichzeitig auch ein Teil von mir selbst.

Meine Schwester und ihr Mann sind erst gegen Mittag aufgestanden. Nach dem Essen suchten sie mich kurz auf, wenig beeindruckt von einem so harmlosen Unwohlsein, und Vachet, der eine krankhafte Angst vor Bazillen hat, ist in der halb offenen Tür stehengeblieben.

Nicolas hat mich an diesem Tag nicht angerufen und auch nicht am nächsten. Wir waren nicht eigentlich verabredet, doch es war abgemacht, daß wir den größten Teil unserer Ferien zusammen verbringen würden, so daß ich etwas enttäuscht war.

Warum habe ich mich einsam und verlassen gefühlt?

In der Wohnung um mich her war es still, und in allen Stockwerken und Seitenflügeln der Präfektur waren die Büros leer, die Gänge und Treppenhäuser verlassen.

Draußen fuhren weniger Autos vorbei als sonst, und die Passanten, die Hände in den Taschen, den Mantelkragen hochgeschlagen, gingen schnell hinter ihrem weiß dampfenden Atem her.

Ich erinnere mich noch an eine Familie am Nachmittag, die wohl zum Großvater oder zur Großmutter unterwegs war. Sie waren zu fünft, zwei Erwachsene und drei Kinder im Sonntagsstaat, darunter auch ein kleiner Junge von vier oder fünf Jahren mit einem roten Schal um den Hals und einer roten Strickmütze, der sich nur widerwillig mitziehen ließ.

Die Eltern hatten es eilig, sie waren nervös, wahrscheinlich entnervt von einem Vormittag mit viel Tumult und der Aufregung, bis alle angezogen waren. Ich sah die Münder auf und zu gehen, verstand aber durch die Fensterscheibe kein Wort. Plötzlich drehte sich die Mutter zu dem Kind mit dem roten Schal um, das nicht weitergehen wollte und sich auf den Boden hatte fallen lassen, befahl ihm aufzustehen und drohte ihm, vielleicht, sie würde ihm das Spielzeug wieder wegnehmen oder ähnlich. In ihrer Verzweiflung wandte sie sich ebenso aufgebracht an ihren Mann und warf ihm vor, daß er nicht eingriff, daß er keine Autorität über seine Kinder hatte, oder was weiß ich.

Er trug einen zu engen schwarzen Mantel, dem man ansah, daß er von der Stange war. Er hörte verdrossen und unschlüssig zu, bis er auf einmal seinen Sohn an der Hand packte, ihn mit einem Ruck auf die Beine stellte und ihm mit einer unerwarteten Brutalität, die ihn wohl selbst am meisten überraschte, eine Ohrfeige verpaßte.

Ich fuhr in meinem Zimmer erschrocken zusammen, und es war, als hätte sich zwischen dem Mann und mir ein Kontakt hergestellt: Er hob den Kopf, bemerkte mich am Fenster, und ich erinnere mich nicht, jemals ein so schuldbewußtes Gesicht gesehen zu haben.

Nicolas hat nicht angerufen. Erst am vierten Tag klopfte jemand an meine Tür, ich rief »Herein!«, und er trat ins Zimmer. Er brachte mit der Kälte, die ihm in den Kleidern hing, etwas vom Leben draußen mit herein.

»Man hat mir gesagt, daß du krank bist. Es ist doch hoffentlich nichts Schlimmes?«

Er wartete meine Antwort nicht ab, zu sehr beschäftigt mit den Neuigkeiten, die er für mich hatte, und mit den Veränderungen, die in ihm seit Bordeaux mit zunehmender Schnelligkeit vor sich gingen.

»Ich hab 'ne Menge Neuigkeiten, mein Lieber, gute, tolle Neuigkeiten! Erinnerst du dich an das, was ich dir am Weihnachtsabend erzählt habe?«

Sein Gesicht war belebt von der frischen Luft auf der Straße, er konnte keinen Moment stillsitzen und fand es unverständlich, daß ich, die Beine mit einer Decke umwickelt wie ein wirklich Kranker, den Tag im Sessel verbringen konnte, einen Topf Limonade neben mir.

»Ich hab Frauen aufgetrieben! Ich dachte, das gibt's nur in Bordeaux. Aber damals im Fénelon wußten wir nur noch nicht, wie man es anstellt, das ist alles. Sie hielten uns noch für kleine Jungens, verstehst du?«

Er fühlte sich plötzlich als Mann, als richtiger Mann, und jubelte vor Stolz und Fröhlichkeit.

»Kann ich rauchen?«

»Sicher.«

»Rauchst du nicht?«

»Ich hab keine Lust.«

»Hör zu, ich sag dir was: Ich hab nicht nur eine für mich, eine Blonde, so nett und lustig wie nur möglich, sondern sie hat auch eine Freundin, der ich schon von dir erzählt habe, und sie wartet nur drauf, dich kennenzulernen.«

Ich habe selten ein Aufblühen wie das seine erlebt. Ich habe ihn immer als einen fröhlichen Jungen gekannt, ohne Komplexe, wie man heute sagen würde, aber was da vor meinen Augen mit ihm geschah, war ein Aufbrechen wie das einer Knospe.

Es machte mir kein Vergnügen, ihm zuzuhören und zuzusehen, ich war mißmutig. Das alles war mir fremd. Ich hatte in meinem Zimmer, die meiste Zeit in meinem Bett, Tage einer Umwandlung erlebt, die er schon hinter sich hatte, und sein Ungestüm irritierte mich. Außerdem fühlte ich mich gekränkt durch die unverblümte Art, wie er mich verkuppelte.

»Du mußt wissen, sie sind ständig zusammen. Sonst würden sie die Eltern nicht weglassen, denn es sind keine Schnepfen, es sind ordentliche Mädchen. Deine ist eine kleine Brünette mit großen blauen Augen.«

Er hatte sich mittlerweile rittlings auf einen Stuhl gesetzt, die Arme auf der Lehne verschränkt, und kniff die Lider zusammen, wenn ihm der Rauch in den Augen biß.

»Meine heißt Charlotte, aber sie hat es lieber, wenn man Lotte sagt. Sie arbeitet im Friseursalon an der Place d'Armes und ist erst achtzehn. Aber wenn du sehen könntest, wie sie gebaut ist...«

Er schwelgte in seinen Erinnerungen und wollte partout, daß ich seinen Stolz und seine Freude teilte.

»Entschuldige, daß ich zuerst gewählt habe, aber du warst eben nicht da, und außerdem glaube ich nicht, daß Lotte dein Typ ist. Sie kichert die ganze Zeit, prustet bei jedem Wort los vor Lachen, und im Kino hat sie so laut gelacht, daß die Leute empört gezischt haben.«

Er gab sich andauernd Mühe, mich »auf den Geschmack zu bringen«.

»Ich hab sie ganz leicht rumgekriegt, und die Umstände sind ebenfalls günstig. Ihr Vater ist Zugführer und ihre Mutter Krankenschwester. Weißt du, was das heißt?«

Er wurde ironisch, fast aggressiv und behandelte mich mitleidig und von oben herab, wie einen, der noch nicht eingeweiht ist.

»Dreimal pro Woche ist ihr Vater nachts nicht da, und ihre Mutter hat alle zwei Wochen Nachtdienst. Lotte hat keine Geschwister. Hast du's endlich kapiert? Sie ist allein zu Haus, mein Lieber, und kann machen, was sie will. So, wie du mich siehst, lag ich um ein Uhr morgens in ihrem Bett, und wenn meine Mutter nicht gewesen wäre, hätte ich es vor Tagesanbruch nicht verlassen. Es hat auf den ersten Anlauf geklappt, und ich habe es, wie sie, sehr bedauert, daß du nicht dabei warst, denn die einzige Person, die uns hinderlich ist,

ist ihre Freundin. Wenn sie auch einen Freund hätte, wäre das was anderes.«

Er hat so viel geredet an diesem Nachmittag, daß ich Kopfweh davon bekam. Seine Sätze sprudelten nur so hervor, und je lauer ich reagierte, desto mehr redete er sich in Fahrt. Er wollte mich unbedingt rumkriegen.

»Wir haben unseren Spaß bis zum 3. Januar, und immer, wenn wir nach La Rochelle kommen, können wir sicher sein, daß sie da sind.«

Erst viel später fiel zum ersten Mal der Name Maud.

»Vielleicht kennst du sie sogar. Sie kennt dich jedenfalls gut, und ich habe mich schon gefragt, ob sie für dich schwärmt. Sie arbeitet in der Präfektur, in ich weiß nicht mehr welchem Büro im zweiten Stock, das ist alles, was ich noch weiß, und sie sieht dich oft vorbeigehen. Sie erinnert sich sogar an den Tag, wo du im Hof dein Motorrad ausprobiert hast.«

Nicolas hatte die beiden am Weihnachtsnachmittag im Cinéma Olympia kennengelernt. Er hatte hinter ihnen gesessen, als Charlotte so laut gelacht hatte, und in der Pause, als die Zuschauer sich auf dem Gehsteig die Beine vertraten und eine Zigarette rauchten, war er schüchtern um sie herumgestrichen, wagte sie aber nicht anzusprechen.

Es ist mir peinlich, Dir all diese Einzelheiten zu erzählen, denn man muß die Augen der Jugend haben, um das alles nicht unerträglich banal zu finden. Selbst ich mit meinen achtzehn Jahren hatte Mühe, die Ausgelassenheit von Nicolas zu begreifen, für den das Ereignis die Ausmaße einer berauschenden Entdeckung hatte.

»Als die Vorstellung aus war, war es dunkel. Sie spazierten Arm in Arm, und Charlotte hörte nicht auf zu kichern, denn sie wußte, daß ich ihnen folgte. Sie wußte auch, wer ich war, denn sie kennt das Geschäft meiner Mutter. Es ist ulkig, daß man auf diese Weise erfährt, daß die Mädchen uns beobachten und wir, weil wir es nicht merken, uns kaum trauen, sie uns näher anzuschauen. Findest du nicht? Nachdem sie an der großen Uhr vorbei waren, bin ich hin und hab sie angesprochen. Zuerst haben sie so getan, als würden sie mich nicht bemerken.«

An diesem Tag, dem 25. Dezember, ist er mit ihnen nur um den Hafen gegangen und hat sich vor Charlottes Tür von ihnen verabschiedet.

Es gibt in La Rochelle einen stillen Quai entlang dem Kanal von Marans, der einen an alte Kupferstiche erinnert mit Städten, die aussehen wie aus einer besseren Welt, mit fein säuberlich vor den Türen des Weinhändlers oder Böttchers aufgereihten Fässern.

Ganz in der Nähe wohnten Charlottes Eltern, in einer ruhigen Straße, deren Namen ich vergessen habe und die nirgendwohin führte und eigentlich nichts weiter war als eine Art Zufahrt zu einer kleinen Häusergruppe.

Das Haus der Malterres – so hießen Charlottes Eltern – war weiß gestrichen und hatte schiefe Fenster, aber eine ganz neue Haustür aus lackiertem Eichenholz, mit schmiedeeisernen Voluten vor den zwei grünen Glasscheiben.

Derartige Türen sind wie Totems, ebenso die Fenstervorhänge, die so angebracht sind, daß sie die Grünpflanzen in den großen Kupferkübeln besonders zur Geltung bringen. Die anderen Haustüren in der Straße waren grün, gelb oder weiß gestrichen, sie stammten größtenteils aus der Zeit, in der die Häuser gebaut worden waren, und paßten zu ihnen.

Für die Malterres war die Eichentür mit ihren Verzierungen das Kennzeichen einer gewissen Bürgerlichkeit und Wohlsituiertheit und wichtiger als das Badezimmer, das sie erst nachher einrichten ließen.

Diese Lächerlichkeiten versetzen alle in Zorn, die einmal unter ihnen gelitten haben, weil sie aus diesem Milieu stammen, wie Dein Onkel Vachet. Sie sehen nicht, wie rührend dieses Bedürfnis nach Achtbarkeit ist.

Beinahe hätte ich dieses Haus, das eine wichtige Rolle in meinem Leben spielen sollte, nie kennengelernt, denn ich blieb für den Enthusiasmus von Nicolas unzugänglich, und je länger er redete, desto mehr zog ich mich in mich selbst zurück. Ich war nicht neidisch auf sein Glück, ich fand es sogar widerlich, wie er seinen Triumph vor mir ausbreitete, wie großzügig er mich daran teilhaben ließ, indem er über meine Person verfügte.

»Ich bin sicher, Maud wird dir gefallen, sie ist ein feines und zartfühlendes Mädchen.«

Warum mußte mir ein »feines und zartfühlendes« junges Mädchen gefallen?

»Du wirst wahrscheinlich mehr Schwierigkeiten haben als ich mit Lotte – du weißt schon, was ich meine –, erstens, weil Maud erst siebzehn ist, und zweitens, weil sie Lotte zufolge noch Jungfrau ist.«

Ich war an diesem Tag nahe daran, Nicolas vor die Tür zu setzen, er widerte mich regelrecht an. In seiner Naivität ersparte er mir kein Detail. Am Tag nach Weihnachten war er wieder mit den beiden jungen Mädchen ausgegangen, in ein anderes Kino, ins Familia.

»Diesmal habe ich vorsorglich eine Loge genommen, du verstehst schon.«

Wonach er sie in eine Konditorei zum Kuchenessen mitnahm, was gleichzeitig ihr Abendbrot darstellte.

»Nachher sind wir zu Charlotte gegangen, und wir brauchten über eine Stunde, um Maud abzuwimmeln. Ich habe es nie so sehr bedauert, daß du nicht dabei warst!«

Er ließ mich auch nicht im unklaren über das, was dann geschah.

»Heute arbeiten sie, und ich habe mich für acht Uhr mit ihnen verabredet.«

Ich hatte keine Lust mitzukommen. Nicht nur, weil ich noch erhöhte Temperatur hatte, sondern weil ich so ein vorbereitetes Abenteuer nicht mochte. Zudem hatte Nicolas, vielleicht in der Absicht, mich zu überreden, ein Wort ausgesprochen, das mich verwirrte. Er hatte mir gesagt, Maud sei noch Jungfrau, und das hinderte mich, so mit ihr zu verfahren wie er mit Charlotte.

Ich habe nein gesagt. Als er nicht lockerließ, lenkte ich ein.

»Na gut, wenn ich mich bis heute abend besser fühle, komme ich vielleicht mit.«

»Um acht Uhr, an der Ecke Quai Saint-Nicolas!«

Ich habe bis zum letzten Augenblick gezögert. Da ich mich zur uneingeschränkten Offenheit entschlossen habe, gebe ich zu, daß Nicolas mit seinen Eröffnungen Bilder in mir beschworen hatte, die mich den ganzen Nachmittag verfolgten, unter anderem, wie Lotte quer über dem Bett lag und so verrückt lachte, daß ihre großen rosa Brüste zitterten.

Ich nahm es Nicolas übel, daß er die einfachere von beiden gewählt hatte.

Was immer mir an diesem Nachmittag durch den Kopf ging, jedenfalls kam ich punkt acht mit hochgeschlagenem Mantelkragen an der Ecke Quai Saint-Nicolas an. Sie erwarteten mich alle drei an einer dunklen Stelle, und ich erkannte Charlotte aufgrund der Beschreibung, die ich von ihr erhalten hatte. Sie war mittelgroß, rundlich, hatte große Brüste und lockiges Haar, das unter ihrem Hut hervorquoll. Neben ihr wirkte ihre Freundin klein, schmal und ängstlich.

»Ich stelle euch meinen Freund Alain vor, von dem ich euch erzählt habe.«

Trotz der Dunkelheit konnte ich erkennen, daß Mauds Mantel flaschengrün war, geschmückt mit einem dünnen Pelzkragen. In diesem Moment hatte ich Mitleid mit ihr. Sie streckte mir schüchtern eine kalte Hand entgegen, und für mich sah sie aus wie ein sprichwörtliches Opferlamm.

»Wir ziehen jetzt am besten los, Kinder!« rief Nicolas.

»Wohin?«

»Ins Kino natürlich!«

Ich war schockiert. Aus seinen Worten ging so unmißverständlich hervor, daß wir nur ins Kino gingen, weil es dort dunkel war!

»Weißt du«, erklärte er mir unterwegs, Charlotte am Arm haltend, als wären sie ein altes Liebespaar, »du bist besser vorsichtig, Mauds Vater ist sehr streng. Stimmt's, Maud?«

Er war stolz auf die vertrauliche Beziehung zu den beiden und spielte den »alten Hasen«.

»Ich sag dir lieber gleich, daß er ein Mann ist, mit dem nicht gut Kirschen essen ist. Er glaubt, daß sie artig mit Lotte Steno macht, und wenn er dahinterkommt...«

Er grinste hämisch, und Lotte lachte, doch weder Maud noch mir war nach Lachen zumute. Wir gingen neben den beiden her, natürlich ohne uns an der Hand zu halten, und hatten uns nichts zu sagen. Im Kino führten sich Nicolas und Lotte absichtlich unmöglich auf, und Nicolas drehte sich zwischendurch zu uns um, wie um uns zu ermuntern, es ihnen nachzutun.

»Wie geht's da hinten?«

Wir redeten nicht miteinander, Maud und ich, und in der Pause, als wir eine Limonade tranken, sagte sie:

»Ich glaube, ich gehe besser nach Hause.«

Ich wußte nicht, war sie enttäuscht oder war ihr ebenso unwohl wie mir. Ich weiß es noch heute nicht. Die beiden anderen bestanden darauf, daß sie blieb. Anschließend gingen wir alle vier bis vor die Haustür der Malterres.

»Kommt ihr nicht noch mit rein?«

Ich schüttelte den Kopf.

»Ich mache dich darauf aufmerksam«, meinte Nicolas, »daß es in zwei Tagen zu spät ist. Lottes Mutter hat dann keinen Nachtdienst mehr.«

Sie gingen hinein, die Eichentür schloß sich hinter ihnen, und Maud und ich blieben allein auf dem Gehsteig zurück.

»Darf ich Sie heimbegleiten?«

»Nur bis zur Ecke der Quais. Man darf uns nicht zusammen sehen.«

»Warum? Wegen Ihres Vaters?«

Ich bemerkte ein kurzes Zögern.

»Ja.«

»Ist er wirklich so streng?«

Keine Antwort. Wir blieben am Rand des Quais stehen, befangen, unentschlossen.

»Wissen Sie, ich bin nicht wie mein Freund.«

»Ich weiß.«

»Er hat mich fast dazu gezwungen, zu kommen...«

»Ja...«

»Aber jetzt bereue ich es nicht.«

Sie warf mir im Dunkeln einen kurzen Blick zu und sagte leise:

»Das ist nett von Ihnen.«

Warum war ich auf einmal so bewegt, nachdem ich sie doch vor drei Stunden noch gar nicht gekannt und sie mir kaum richtig angesehen hatte?

»Hoffentlich sehen wir uns wieder...«

Es war als Frage gemeint, doch sie hat nicht darauf geantwortet.

»Es ist an der Zeit, daß ich heimgehe. Gute Nacht. Danke für den Abend.«

»Ich danke.«

»Nein, ich...«

Sie gab mir die Hand, immer noch kalt und ohne

Handschuhe, und ich habe es nicht gewagt, sie in der meinen zu behalten.

Ich wußte noch nicht, daß ich verliebt war, aber es wurde mir bewußt, als ich ins Bett ging, das Gesicht im Kopfkissen vergrub und auf einmal das Bedürfnis hatte zu weinen.

Während der Weihnachtsferien habe ich sie noch zweimal wiedergesehen, beide Male mit Lotte und Nicolas. Das eine Mal sind wir ins Kino gegangen, das andere Mal hatten wir nur eine Stunde Zeit und gingen im dunklen Park spazieren, wo ich, während wir hinter den anderen hergingen, endlich Mauds Hand in der meinen behielt.

»Wann fahren Sie wieder nach Poitiers?«

»Am Mittwoch.«

Zu meiner Überraschung hörte ich mich hastig hinzufügen: »Aber ich komme weiterhin jedes Wochenende mit dem Motorrad.«

»Ich weiß.«

»Was wissen Sie?«

»Daß Sie jeden Samstag kommen. Sie vergessen, daß ich in der Präfektur arbeite.«

Ich war jung, mein Sohn, fast so jung wie Du jetzt, und ich weiß nicht, ob ich sie damals richtig eingeschätzt habe.

Was mich an ihr rührte, war eine Demut, wie ich sie später bei keiner anderen Frau mehr erlebt habe, fast möchte ich es eine stolze Demut nennen.

Später hat sie mir gestanden, daß sie schon lange vor unserer ersten Begegnung in mich verliebt war und in der Präfektur vom Fenster ihres Büros aus nach mir

Ausschau gehalten hatte. Sie wagte nicht zu hoffen, mich näher kennenzulernen, denn in ihren Augen war ich ein nahezu unerreichbares Wesen.

»Verstehst du jetzt, warum ich am ersten Abend so befangen war? Wir drei hatten seit ein paar Minuten auf dich gewartet, und als du um die Ecke bogst, mit hochgeschlagenem Mantelkragen, wußte ich, daß ich kein einziges Wort herausbringen würde. Du hast mich für ziemlich doof gehalten, nicht?«

Sie war es, die herausfand, wie wir uns an den Wochenenden sehen konnten.

»Wir kommen ohne Charlotte nicht aus, denn mein Vater läßt mich nicht ohne sie ausgehen. Wie sie es gemacht hat, ihm Vertrauen einzuflößen, weiß ich nicht: Er glaubt ihr alles, was sie sagt, während er mich immer verdächtigt, daß ich lüge.«

Ich sollte sie am Samstag um acht Uhr an der Ecke von Lottes Straße treffen, und da Nicolas nicht da war, weil er nicht jede Woche aus Bordeaux kam, mußte ich mich mit beiden Mädchen beschäftigen.

Als ich drei Wochen nach Weihnachten einmal gegen Mitternacht in die Präfektur zurückkam und Licht unter der Tür zum Arbeitsraum meines Vaters sah, trat ich ein. Nach geraumer Weile sagte ich in gespielt lässigem Ton:

»Ich glaube, ich habe mich verliebt.«

Er ist nicht zusammengezuckt, er hat weder die Stirn gerunzelt noch gelächelt, und das beruhigte mich, denn vor allem vor einem Lächeln hatte ich mich gefürchtet. Er sah mich aufmerksam an, und heute bin ich sicher, daß er begriffen hatte, daß es ernst war.

»In Poitiers?«
Ich schüttelte den Kopf.
»Hier, in La Rochelle?«
»Ja. Sie arbeitet hier im Haus, in der Präfektur.«
Was wollte ich mit diesen Geständnissen? Wollte ich das Ganze bedeutungsvoller machen, als es in Wirklichkeit war, einen Zeugen haben, der mich daran hinderte, einen Rückzieher zu machen?
Ich hatte nicht die triumphierende Haltung von Nicolas, als er zu mir gekommen war, um mir von Lotte zu erzählen. Es war mir ernst, und gleichzeitig war es auch erst ein Spiel.
»Es ist ein prima Mädchen, du wirst sehen.«
Er ging im Geiste die Personalliste durch.
»Ich nehme nicht an, daß es Mademoiselle Baromé ist?«
»Die kenne ich nicht.«
»Eine brünette Schönheit von fünfundzwanzig Jahren, eine Korsin, mit einer Andeutung von Schnurrbart.«
Wir lachten beide.
»Nein. Vielleicht kennst du sie gar nicht, es ist eine Neue, die in der Abteilung von Vachet arbeitet. Sie heißt Maud Chotard.«
Falls das seine Mißbilligung erregte, so ließ er sie sich jedenfalls nicht anmerken.
»Eine kleine Brünette, frisch von der Schule?«
»Ja.«
»Hast du sie in der Stadt kennengelernt?«
»Nicolas hat sie mir vorgestellt, er ist der Liebhaber ihrer Freundin.«

Ich gebrauchte absichtlich das Wort »Liebhaber«, um deutlich zu machen, daß ich ein Mann geworden war.

»Und du?«

Ich begriff.

»Nein. Ich nicht.«

Ich fügte hinzu:

»Sie ist noch Jungfrau.«

»Dann paß auf.«

»Ich habe nicht die Absicht, sie anzurühren. Ich achte sie.«

Glaubte ich, meinen Vater damit beruhigen zu können? Ich war aufrichtig. Ich wollte, daß er Bescheid wußte. Er begnügte sich damit, noch einmal mit ernster Miene zu sagen:

»Paß auf.«

Eine Weile später glaubte ich einen neuen Tonfall in seiner Stimme zu bemerken, als er sagte:

»Gute Nacht, mein Sohn.«

8

Ich durchlebte die zwei wichtigsten, erfülltesten und reichsten Jahre meines Lebens, ohne mir dessen bewußt zu sein. Ich wollte es auch nicht wahrhaben, vielleicht weil der Graben zwischen dem, was ich gern gewollt hätte, und dem, was war, zu groß war.

Das alte Fragespiel, das die Erwachsenen mit der Jugend treiben, geht mir auch heute noch auf die Nerven. Auch Du windest Dich innerlich und ziehst Dich argwöhnisch in Dein Schneckenhaus zurück, wenn man Dich fragt:

»Wie alt sind Sie, junger Mann?«

Man antwortet widerstrebend, aber höflich, wie man es uns beigebracht hat:

»Achtzehn, Monsieur.«

Es bleibt nie aus: Der andere ruft mit erzwungenem Frohsinn aus:

»Das goldene Alter! Was würde ich nicht darum geben, noch einmal so jung zu sein...«

Worauf er meistens sarkastisch hinzufügt:

»...mit dem Wissen, das ich jetzt habe.«

Welchem Wissen? Daß keine Wirklichkeit unseren Hoffnungen, unserer Sehnsucht nach dem Absoluten entspricht und ihnen auch gar nicht entsprechen kann? Als ob die Jungen diese Erfahrung nicht auch schon gemacht hätten!

Man spricht vom Alter der Unschuld, während sich die Jugend mit Problemen herumschlägt, die schmerzlich und widerwärtig sind.

Es wäre zu einfach, von den Pickeln zu reden, die man beim Rasieren entdeckt und die man für einen großen Makel hält, von den Anzügen, die nie richtig sitzen, den zu großen Füßen, für die man sich schämt.

Man sehnt sich nach dem Erhabenen, man hat das Gefühl, man brauche nur die Hand danach auszustrekken, und in dem Augenblick, in dem man es berühren will, entzieht es sich aus irgendeinem lächerlichen Grund, der lauterste Aufschwung wird gestoppt von einem dummen Tabu oder auch nur von einem ironischen Lächeln.

Für mich war Maud nach einigen Wochen – in denen ich sie unter so unschönen Bedingungen traf, die mir nachgerade empörend vorkamen – »meine Frau«, und anders konnte ich nicht an sie denken.

Wer konnte das schon begreifen? Für Nicolas und Lotte, die einzigen, die uns beide kannten, war unser Abenteuer nur das naive, sentimentale Gegenstück zu dem ihren.

Was dachten die Leute über uns, die uns im dunklen Stadtpark Seite an Seite gehen sahen, die schlaksige Gestalt eines Jungen und die kleine eines Mädchens, anfangs ohne sich zu berühren, dann Hand in Hand, schließlich mit meinem Arm um ihre Hüften und ihrem Kopf an meiner Schulter?

Ein junges Liebespaar wie andere auch, das eine leere Bank suchte, so weit weg wie möglich von der nächsten Laterne, um sich zu küssen, bis beiden die Luft ausging.

Die Jungen wiederholen aber nicht, was schon da war, ein jeder wiederholt und erschafft die Liebe für sich neu.

Hat es mein Vater verstanden? Erriet er, warum ich das Bedürfnis verspürte, mich ihm anzuvertrauen? Jemandem mußte ich schließlich die Wahrheit sagen, jemand mußte wissen, daß es nicht einfach ein Flirt war, sondern daß mein ganzes Leben davon abhing, und eines Abends erklärte ich ihm:

»Wenn man mich zwingen würde, sie aufzugeben, würde ich mich umbringen.«

Für sein Gefühl war so wenig Zeit vergangen, seitdem unsere kurzen Unterhaltungen noch in ganz anderem, gleichmütigem Ton stattgefunden hatten! Sie fallen mir plötzlich wieder ein, flüchtige Kontaktaufnahmen, wie ein Blick, den man im Vorübergehen in ein Fenster wirft. Zum Beispiel hatte ich im Gymnasium etwas über das achtzehnte Jahrhundert gelernt und bei Tisch darüber gesprochen.

So hatte mich mein Vater abends in seinem Büro gefragt:

»Wen magst du lieber, Racine oder Corneille?«

Ich antwortete entschlossen:

»Corneille.«

Es überraschte ihn nicht, und jetzt weiß ich auch warum.

»Wie findest du Molière?«

»Ich habe eben den ›Bürger als Edelmann‹ durchgeackert. Ich fand ihn nicht sehr lustig. Den ›Arzt wider Willen‹ auch nicht.«

Eine Phase unter anderen. Bald darauf sprachen

wir über Lamartine und Victor Hugo, zwei entgegengesetzte romantische Strömungen, und ich erfuhr zu meiner Überraschung, daß mein Vater Hunderte von Versen Hugos auswendig kannte.

Im Alter vergeht die Zeit schneller, und darum schienen für ihn diese Unterhaltungen erst gestern stattgefunden zu haben. Und nun kündigte ihm ein großer ungelenker Junge an, daß er lieber sterben als seine Liebe aufgeben würde. Meine Kehle war trokken, meine Augen blitzten, und es war keine Einbildung, ich hätte mich tatsächlich ohne Zögern umgebracht.

Ich habe vierundzwanzig Stunden nichts geschrieben. Gestern gab es im Haus zufällig eine der wenigen heftigen Szenen, wenn nicht überhaupt die einzige, bei der es sich ergab, daß Du dabei warst. Ich werde sie hier nicht wiedergeben, denn, um ein Wort zu wiederholen, das ich anläßlich des Themas Jugend gebraucht habe, sie war widerwärtig, zugleich lächerlich, nichtig und widerwärtig, und wenn ich sie erwähne, so nur deshalb, weil sie wieder einmal das Verhältnis Erwachsene – Jugendliche auf den Punkt bringt.

Die Ausgangssituation war das, was die Engländer einen »wolkenlos blauen Himmel« nennen. Wir saßen gegen ein Uhr beim Essen, die Sonne schien, alle waren fröhlicher Stimmung, und Mademoiselle Augustine hatte ihre Geranie hinausgestellt. Ich weiß nicht mehr, worüber wir sprachen, aber es war harmlos und entspannt, als Deine Mutter zu meiner Überraschung, denn ich hatte vergessen, daß Donnerstag war, fragte:

»Begleitest du mich zu deiner Tante, Jean-Paul?«

Ich wußte auch nicht, daß meine Schwester eine Einladung gab, und hörte nur mit halbem Ohr hin. Du hast gefragt:

»Um wieviel Uhr?«

»Gegen fünf. Es sind Leute dort, die Du kennenlernen solltest.«

Ich mag diesen Satz nicht. Trotzdem habe ich keine Miene verzogen, außerdem wollte ich Dich nicht beeinflussen. Du hast gezögert, auf Deine typische Art, wenn Du ein Hindernis nicht überspringen, sondern umgehen willst.

»Es trifft sich schlecht, Mama...«

»Wieso?«

»Weil ich heute nachmittag eine Klassenarbeit in Mathe vorbereiten muß.«

»Und wenn du dich gleich hinsetzt?«

Deine Mutter ist stolz darauf, Dich vorzeigen zu können, seitdem Du ein großer Junge bist. Ich kann es ihr nicht verdenken. Allerdings übersieht sie dabei, daß Dich ihre Freunde nicht unbedingt interessieren und daß es Dir kein Vergnügen macht, Dich in den Kreisen Deiner Tante und Deines Onkels zu bewegen. Ich fühle mich, wenn auch aus anderen Gründen, dort ebenfalls nicht wohl.

»Ich gehe gern mit, Mama, wenn es dir wichtig ist, aber es geht wirklich schlecht.«

Gewöhnlich kommt Deine Mutter, wenn sie zu einem Cocktail meiner Schwester geht, erst zum Abendessen zurück, und oft ruft sie an und sagt, wir sollen uns ohne sie zu Tisch setzen. Warum ist sie diesmal früher zurückgekommen, und warum war sie gereizter Stimmung?

Sie hat Deinen neuen Freund Zapos in Deinem Zimmer gefunden und vor ihm nichts gesagt, doch bei Tisch hat sie ihrem Ärger freien Lauf gelassen.

»Weißt du, Alain, warum Jean-Paul mich heute nachmittag nicht begleiten wollte?«

Anscheinend mache ich bei derlei Gelegenheiten ein Gesicht, als wäre ich taub.

»Hörst du mir zu?«

»Aber ja.«

»Warum sagst du dann nichts?«

»Weil ich nichts zu sagen habe.«

»Hast du heute mittag gehört, wie er von seiner Klassenarbeit in Mathematik gesprochen hat?«

»Ja.«

»Und weißt du, was wirklich war?«

Du hast vorsichtig eingeworfen:

»Hör zu, Mama, laß mich das meinem Vater erklären...«

»Da gibt es nichts zu erklären. Hab ich dich mit diesem neuen Freund vorgefunden, der aussieht wie ein Teppichhändler, ja oder nein?«

»Ich...«

»Hattest du dich mit ihm verabredet?«

»Ich möchte...«

»Du hast also gewußt, daß er kommt, und du hast wegen ihm...«

Dann, zu mir gewandt:

»Was mich in Harnisch bringt, ist sein Mangel an Offenheit, seine Art, sich zu entziehen, und hintenrum macht er alles nach seinem Kopf. Und du verteidigst ihn auch noch!«

»Ich verteidige ihn nicht.«

»Aber du stellst dich auch nicht auf meine Seite. Du findest das alles wohl ganz in Ordnung?«

O nein. In Wirklichkeit gab ich innerlich euch beiden unrecht, vor allem aber Deiner Mutter, denn sie ist schließlich eine erwachsene Frau.

Sie hat vergessen, daß sie auch einmal jung war, und ich nicht, das ist der Unterschied zwischen uns beiden. Ich habe mir feierlich geschworen, es niemals zu vergessen, und habe, glaube ich, bisher Wort gehalten.

»Er erfindet tausend Ausreden, lügt wie gedruckt, gleitet uns durch die Finger wie ein Aal, und du, du schaust die ganze Zeit nur zu und stimmst ihm bei...«

Deine Mutter verwechselt Zustimmen mit Verstehen oder auch Vergeben. Sie hat früher auch geschummelt, sofern sie je damit aufgehört hat, wie ich auch geschummelt habe, wie alle jungen Leute schummeln. Sie können gar nicht anders, »weil alles verboten ist«.

Jeder ihrer Anläufe, jede ihrer Hoffnungen stößt auf eine Barriere, auf ein Tabu, auf ein kategorisches »Nein!« Wir sind es, die sie zu diesen Notlügen zwingen.

Nun verabscheuen aber die Jungen Lügen, eher noch mehr als die Erwachsenen, und sie sind uns böse, weil wir sie zum Lügen zwingen und ihnen damit alle, auch die harmlosesten Freuden, vergällen.

Während der zwei Jahre, die wir uns gekannt haben, mußten Maud und ich unaufhörlich lügen, jedes unserer Treffen warf Probleme auf, die wir lösten, so gut wir konnten, eben indem wir logen.

Was wäre aus uns geworden, wenn das, was zu Ende des zweiten Jahres geschah – wiederum um Weihnachten herum –, nicht geschehen wäre? Würden wir uns immer noch lieben, oder wären wir nach einer Weile enttäuscht auseinandergegangen?

Nur mein Vater hat die Wahrheit über unser Leben als Paar gekannt, denn es drängte mich abends immer öfter, in der Stille seines Büros, mit ihm darüber zu sprechen.

»Die anderen können sich über mich lustig machen oder mich skeptisch anschauen, aber ich, ich weiß, daß ich nie eine andere Frau lieben werde.«

»Und was willst du tun, mein Sohn?«

»Sie heiraten. Ich warte, solange es nötig ist. Ich weiß, daß ich nicht heiraten kann, bevor ich mein Studium abgeschlossen habe. Das ist hart!«

»Es wird hart werden, ja. Paß auf, mein Sohn.«

Ich wußte, worauf er anspielte. Ich hatte ihm gesagt, daß sie Jungfrau war.

Sechs Monate später habe ich ihm erklärt:

»Wir haben beschlossen, daß sie ab jetzt meine Frau ist. Du verstehst? Wir werden später heiraten, aber so wie bisher können wir einfach nicht weiterleben.«

Hat er sich überlegt, ob er mich davon abbringen soll?

»Außerdem«, fuhr ich fort, »streicht Pierre Vachet um sie herum. Anscheinend macht er das bei allen seinen weiblichen Untergebenen so. Vielleicht beschwert er sich über sie, weil sie ihn abblitzen ließ.«

Mein Vater gab mir an diesem Abend gute Ratschläge. Vielleicht werde ich Dir eines Tages die gleichen erteilen, denn ich würde wohl ebenso handeln wie er.

»Und vergiß nicht, daß du der Sohn des Präfekten bist. Ich bin mir dessen bewußt, daß das für einen jungen Mann durchaus kein Vorteil ist. Man beobachtet dich mehr als jeden anderen, und es gibt nur allzu viele Leute, die entzückt wären, wenn es einen Skandal gäbe.«

Ich teilte mein Leben zwischen Poitiers und La Rochelle, und in Poitiers war es ausschließlich der Arbeit gewidmet. Ich biß die Zähne zusammen, um mein Studium schneller hinter mich zu bringen, und versuchte, zwei Jahre in einem zu machen. Es ist mir auch gelungen.

Im Winter half uns die Dunkelheit, anonym zu bleiben, doch mit der schönen Jahreszeit wurde es schwieriger, uns zu treffen. Ungeduldig warteten wir darauf, daß Lottes Mutter Nachtdienst hatte und ihr Vater nicht da war, um uns in dem kleinen Haus mit der lackierten Eichentür zu treffen.

Du bist in einem Alter, in dem Du ruhig wissen sollst, daß es nichts Unsauberes zwischen uns gab, und doch hätten wir uns gern noch reiner gefühlt. Es störte uns an manchen Abenden, in einem Zimmer unter dem Blick von unbekannten Fotografien zu sitzen, während Lotte und Nicolas sich im Nebenzimmer lachend vergnügten.

Wie soll ich Dir das Gefühl beschreiben, das ich bei Maud hatte? Wir finden manche Tierarten, Eichhörnchen oder Vögel, rührend, weil sie so voller Liebreiz sind und sich nicht wehren, was sie aber auch zu geborenen Opfern macht.

Auch Maud war so, und ich war jedesmal gerührt, wenn sie ihre Hand unter meinen Arm schob, so als wäre es von Anfang an meine Aufgabe gewesen, sie zu beschützen.

Ihr Vater, Emile Chotard, hatte ein kleines Café am Ende des Hafens, »Chez Emile« hieß es, in dem unter anderem Porel seine Tagungen abhielt und wo die Polizei häufig Razzias machte, wenn Streiks oder Wahlen stattfanden.

Chotard hatte kurze Beine und einen dicken Bauch, buschige Augenbrauen und einen harten Blick, und wie Porel, nur mit weniger Grips, spielte er gern den Anführer.

Ich glaube, daß er vor allem ein Aufrührer war. Seine Frau war mit einem Wein- und Spirituosenvertreter durchgebrannt, als Maud noch ein Kind war, und sie hatte nie wieder etwas von sich hören lassen oder versucht, das Kind wiederzusehen.

Die muskulösen und behaarten Arme entblößt bis zum Ellenbogen, thronte Emile hinter seinem Schanktisch, mißtrauisch, angriffslustig, mit einem umfassenden Haß auf die Reichen, die Mächtigen, die ganze Gesellschaft einschließlich ihrer untersten Repräsentanten, etwa der Polizisten.

Jedesmal, wenn seine Tochter abends heimkam, folgte er ihr in den Nebenraum, um sie auszufragen, denn er erlaubte ihr nicht, das Café zu betreten.

»Warst du bei Lotte?«

Sie verbrachten angeblich ihre Abende damit, zusammen Steno zu üben, und einmal in der Woche durfte Maud ins Kino.

Zwei Jahre lang hatte dieser mißtrauische Mann, der fast die ganze Welt als seinen Feind betrachtete, keinen Verdacht geschöpft, nicht geahnt, daß es mich gab.

Ich war es gewesen, der Maud drängte:

»Warum willst du nicht, daß ich mit deinem Vater spreche?«

»Weil er nein sagen und mich nicht mehr weglassen würde.«

Als Sohn des Präfekten war ich ein ausgemachter Feind, und wahrscheinlich hätte Chotard seine Tochter tatsächlich eher eingesperrt, als sie mit mir ausgehen zu lassen.

Ich habe nie mit ihm gesprochen und ihn lediglich durch die Fensterscheibe seines Cafés gesehen. Ganz heimlich möchte ich Dir einen Satz mitteilen, der mir immer in der Kehle steckengeblieben ist: *Ich fühlte mich ihm gegenüber wie ein Dieb.*

Ein anderer hatte ihm einst seine Frau weggenommen, und nun kam ich und nahm ihm seine Tochter weg. Ich fühlte mich nicht wirklich schuldig, aber wenn es die Beziehungen zwischen uns erlaubt hätten, dann hätte ich ihn um Verzeihung gebeten.

Ich verachtete nicht den aggressiven Rüpel, der er war, sondern vielmehr das Herrensöhnchen in mir.

Ich war ihm sogar dankbar, daß er Maud so gut bewacht hatte und auch weiterhin gut auf sie achtgab.

Mein Vater, ich sagte es Dir schon, stand in meinen Augen für Ordnung und Kompromisse, für die »Arrangements«, die das mit sich bringt. Porel war der Antipräfekt, die systematische Auflehnung. Emile, grob und brutal, griff unterschiedslos jeden an, und er hätte mich ohne weiteres getötet, wenn er mich mit seiner Tochter im Bett überrascht hätte.

Maud hatte Angst vor ihm, aber sie kannte ihn auch von einer anderen Seite.

»Wenn du wenigstens einer der jungen Arbeiter von der Werft Delmas und Vieljeux wärest!«

Sah mein Vater voraus, daß ein Unheil kaum zu vermeiden war?

Er wirkte zu Hause fast wie ein Fremder, seitdem sich meine Mutter aus unerforschlichen Gründen aus dem Leben zurückgezogen und meine Schwester Vachet geheiratet hatte.

Hin und wieder ging ich noch spät abends zu ihm in sein Büro, wenn ich in La Rochelle war.

»Immer noch glücklich?« fragte er.

»Ja, Vater.«

Ich kam mir vor wie ein Lügner. Ich war nicht vollkommen glücklich. Es gab zu viele Dinge, die ich mir anders vorgestellt hatte.

Ich sehe mich noch, wie ich verlegen und zögernd eines Samstags vor ihm stand, als beide Eltern von Lotte gerade keinen Nachtdienst hatten.

»Ich muß dich um einen Gefallen bitten...«

Eines schönen Tages wirst Du vielleicht die Präfektur zu sehen bekommen, die in meinem Leben eine so große Rolle gespielt hat. Es gab zwei Innenhöfe, und der zweite war von einer Mauer umschlossen, die ihn vom Stadtpark trennte. Dort gab es eine kleine Pforte.

Sie ging auf Treppe E, und die führte ihrerseits auf ein schon lange nicht mehr benutztes Zimmer, in dem früher manchmal ein Nachtwächter genächtigt hatte. Das Eisenbett war noch da, ebenso das etwas karge Mobiliar, wie es in Dienstmädchenkammern so üblich ist.

»Wenn du mich das kleine Zimmer im Zwischenstock benutzen ließest...«

Er brauchte mir nur den Schlüssel für die Pforte zum Park zu geben und die Augen zuzudrücken, was er ohne Zögern tat, und so waren Maud und ich von der engen Nachbarschaft mit den Liebesspielen von Lotte und Nicolas befreit, die unserer eigenen Liebe eine vulgäre und unschöne Note verliehen.

Dein Großvater war noch nicht der müde, eingefallene Mann, den Du in Vésinet kennengelernt hast. Hatte er auch wegen meiner Mutter auf Seine-et-Oise und Paris verzichtet, so wurde er doch als ein bedeutender Präfekt angesehen, und mit fünfzig Jahren ist man noch nicht alt.

Dieser Mann also lebte meinetwegen, einer Sache wegen, die andere als Liebelei abgetan hätten, wie auf einem Pulverfaß, und er wußte es.

Warum nahm er diese ständige Gefahr auf sich und beschränkte sich darauf, mich besorgt zu beobachten und mir fast schüchtern Ratschläge zu erteilen?

Sah er in meiner Liebe seine eigene für meine Mutter wieder aufleben, die er noch immer treu verehrte? Kam er durch mich zu einem zweiten Leben? Oder wollte er nur um keinen Preis meinem Glück im Wege stehen, auch wenn die Hoffnung darauf noch so gering war?

Zwischen uns herrschte ein stillschweigendes Einverständnis. Deshalb wollte er auch nachher die alleinige Verantwortung tragen.

Bisher war es für mich immer ziemlich einfach, von »nachher« oder »vorher« zu sprechen. Jetzt, da ich mich dem Kern der Geschichte nähere, den wenigen Tagen, den wenigen Stunden, die über unser Schicksal entschieden, stelle ich verwundert fest, daß meine Erinnerungen verschwommen sind, ich weiß nicht mehr genau, wie und warum alles kam. Als käme uns mit der Kontrolle über die Ereignisse, deren Spielball wir werden, gleichzeitig auch der Scharfblick abhanden.

Mir scheint, es ist am besten – und am ehrlichsten –, wenn ich Dir die nackten Tatsachen mehr oder weniger in ihrer chronologischen Reihenfolge aufzähle, ohne weitere Erklärungen und ohne viel Worte über meine seelische Verfassung zu verlieren.

Es war an einem Samstagabend, Anfang Dezember, in dem kleinen Zimmer der Präfektur, das Maud und ich unser Kabuff nannten. Die Höfe, die Treppenhäuser, die Büros waren verlassen, und in der Wohnung im ersten Stock schliefen alle, außer meinem Vater, denn ich sah Licht zwischen den Falten seiner Vorhänge.

Ich erinnere mich, wie wir draußen gestanden hatten. Maud war kalt, sie hatte ihre Handschuhe vergessen, und ich mußte ihre blaugefrorenen Hände in den meinen wärmen.

Nach langem Zögern sagte sie:

»Ich fürchte, ich bringe dein Leben durcheinander, Alain.«

Als ich widersprach, sagte sie:

»Ich glaube, ich bin schwanger. Ich bin sogar ziemlich sicher.«

Da saßen wir auf der Kante des Eisenbetts wie zwei verschreckte Kinder. Ich war gerührt, doch die Angst war stärker, und so fiel ich ihr nicht ins Wort, als sie die Tapfere spielte und scheinbar leichthin weitersprach:

»Lotte ist es in diesem Jahr zweimal passiert. Nicolas hat sich darum gekümmert, und es ist alles gutgegangen.«

Drei Tage später fuhr ich von Poitiers nach Bordeaux, um Nicolas zu treffen. Er konnte vor Weihnachten nicht mehr nach La Rochelle kommen. Das Zimmer, in dem er wohnte, sah ähnlich aus wie meines, ebenfalls mit einem rosa Lampenschirm, und er erwartete an diesem Abend ein Mädchen.

Nach ihm schien alles ganz einfach zu sein. Er gab mir eine Vaginalsonde und erklärte mir, wie man sie handhabt.

»Gib nur acht, daß du mit niemandem darüber redest. Mir als Medizinstudent brächte es fünf Jahre Gefängnis ein und danach lebenslängliches Berufsverbot.«

Wieder Poitiers... La Rochelle am Samstagabend. Lotte war unterrichtet, doch ihre Mutter hatte leider keinen Nachtdienst.

»Es wäre für euch beide besser in der Präfektur...«

Über dem Hafen und der Stadt hing ein eisiger gelblicher Nebel, und in regelmäßigen Abständen zerriß vom offenen Meer her das Heulen des Nebelhorns den Himmel wie das Brüllen der See.

Ich hatte mit meinen Eltern gegessen, denn wir wollten, daß dem Anschein nach alles aussah wie sonst.

Meine Mutter saß unbeweglich am einen Ende des Tisches, meine Schwester und Vachet diskutierten über Literaturkritik. Das erste Buch Deines Onkels war eben erschienen.

Um neun Uhr betraten Maud und ich das Kabuff wie zwei Diebe, ich zitterte, und meine Bewegungen waren unkoordiniert.

»Bist du sicher, wenn ich zu deinem Vater ginge...«
»Du kennst ihn nicht, Alain.«
»Ich würde dich sofort heiraten. Ich werde arbeiten gehen.«
»Du weißt sehr gut, daß das unmöglich ist.«
Um elf Uhr ist sie in meinen Armen gestorben.

Ich erspare Dir weitere Einzelheiten. Ich will nicht mehr daran denken. Mein Vater war in seinem Büro, ich bin nicht zu ihm gegangen. Ich dachte daran, zu unserem Arzt zu laufen, Dr. Baille, der auch ein Freund der Familie war. Das Heulen des Nebelhorns in der Dunkelheit klang in meinen Ohren wie ein Angst- oder Verzweiflungsschrei.

Ich wartete, bis das Licht im ersten Stock ausging und mein Vater sich schlafenlegte. Dann nahm ich Maud in meine Arme und stieg die Treppe zum Dach hinauf.

Auf dem Dach gab es ein verzinktes Wasserreservoir von ungefähr zwei Metern Länge, das ein früherer Präfekt aus ich weiß nicht welchen Gründen hatte anbringen lassen, vielleicht als Süßwasserbecken für den Fall, daß in der Stadt das Wasser ausgehen sollte. Ich hatte es als Zwölf- oder Dreizehnjähriger entdeckt und mich manchmal darin versteckt.

Ich bin trotz meiner Last nicht auf den Ziegeln ausgerutscht, denn ich hätte geradesogut runterstürzen und auf dem Gehsteig zerschellen können.

Als ich auf Zehenspitzen wieder herunterkam, war ich kein Jüngling mehr und ein völlig veränderter Mensch. Eine Stimme im Gang ließ mich zusammenzucken.

»Wo gehst du hin, mein Sohn?«

In Pyjama und Schlafrock kam mein Vater hinter mir her ins Kabuff, und das Chaos darin ließ keinen Zweifel über das, was geschehen war.

Er machte mir keine Vorwürfe, er stellte mir keine einzige Frage.

»Komm mit in mein Büro.«

Im Kamin glommen noch ein paar Scheite.

»Es ist nicht mehr rückgängig zu machen, aber wir können noch etwas unternehmen, damit dein Leben nicht verpfuscht ist.«

Ich weiß nicht mehr, ob ich ihn um Verzeihung gebeten oder ob ich geweint habe, ich weiß nur, daß ich immer wieder gesagt habe:

»Ruf Monsieur Dourlet an.«

Das war der Hauptkommissar, der Chef der Polizei, den ich schon oft bei meinem Vater angetroffen hatte, ein kalter und bleicher Mensch mit einem dichten grauen Schnurrbart.

»Ruf Monsieur Dourlet an! Ich ertrage es nicht länger, sie da oben zu wissen. Ich weiß überhaupt nicht, wie ich...«

»Ich werde ihn gleich anrufen. Ich habe fünfzig Jahre gelebt, und viele Menschen sterben, bevor sie dieses

Alter erreicht haben. Ich erwarte nichts mehr vom Leben, während du erst am Anfang stehst.«

Ich verstand nichts. Ich lief auf und ab und dachte an nichts anderes als an Maud in dem kalten Wasserreservoir.

»Hör gut zu! Wenn du dich schuldig bekennst, kriegst du ein bis fünf Jahre Gefängnis, und danach sind dir alle Türen verschlossen. Für mich spielt es keine Rolle mehr. Laß mich das machen, wie ich es für richtig halte, mein Sohn. Geh schlafen. Und verlaß unter keinen Umständen dein Zimmer.«

Ich sträubte mich weiter, ohne zu wissen, was ich tun sollte, als die Tür aufging. Es war Dein Onkel Vachet, der einzige, der unsere Liebe entdeckt hatte und auch über unsere Zusammenkünfte im Kabuff im Bilde war.

»Das können Sie nicht tun, Herr Präfekt!«

So nannte er seinen Schwiegervater.

»Ich sage das nicht nur Ihretwegen, sondern auch Ihrer Frau und Ihrer Tochter wegen...«

Seinetwegen natürlich auch. Er wäre nicht mehr der Schwiegersohn eines höchst angesehenen Präfekten, sondern der eines zu einer schmachvollen Strafe Verurteilten.

Ich sehe ihn noch vor mir, wie er mir wütend die Worte ins Gesicht schrie:

»Wenn ich bedenke, daß wegen dieses kleinen Dreckskerls...«

Er hob die Hand, um mich zu schlagen, und da versetzte ihm mein Vater eine Ohrfeige, kurz und heftig und ganz gelassen.

»Hinaus mit Ihnen, und halten Sie den Mund! Die Lefrançois regeln ihre Angelegenheiten unter sich.«
Ich war noch im Büro, als mein Vater Dourlet anrief.
»Ja ... Sofort. Hierher ... Es ist eine äußerst wichtige Angelegenheit ...«
Und zu mir:
»Geh nun, mein Sohn!«
Er handelte ruhig und überlegt.
»Es kann auch Männern in meinem Alter und in meiner Position passieren, daß sie den Kopf verlieren und Dummheiten anrichten. Geh jetzt!«
Wie ich auf mein Zimmer gekommen bin, weiß ich nicht mehr.
Um acht Uhr morgens begab sich mein Vater in das Büro des Staatsanwalts, der schon oft unser Gast gewesen war, und um halb zehn Uhr ließ er einen Koffer mit Kleidung und Wäsche holen.
Es gibt einen Artikel im Strafgesetzbuch, den Artikel 317, den ich immer noch auswendig weiß: »Wer immer durch Nahrungsmittel, Getränke, Medikamente, Manipulationen, Gewaltanwendung oder Sonstiges bei einer schwangeren oder möglicherweise schwangeren Frau einen Schwangerschaftsabbruch herbeiführt oder versucht herbeizuführen, mit oder ohne ihr Einverständnis, wird mit einer Gefängnisstrafe zwischen einem und fünf Jahren und einer Geldbuße von ... bestraft.«
Der Name von Nicolas wurde nicht genannt, doch mein Freund hat ein Jahr lang keinen Fuß mehr nach La Rochelle gesetzt, und ich habe ihn nie mehr wiedergesehen. Auch Lotte habe ich nie wieder gesehen.

Porel hat sich der Angelegenheit bemächtigt, sie wurde unter seinen Händen zu einer politischen Affäre mit einem Präfekten auf der Anklagebank.

Es war zu diesem Zeitpunkt, daß sich Deine Großmutter mit einer Haushälterin nach Vésinet zurückzog, während Vachet, begleitet von meiner Schwester, nach Paris ging, um sich ins literarische Getriebe zu stürzen.

Hat mein Großvater in der Rue du Bac, ehemals Rat am Rechnungshof, die Wahrheit geahnt? Jedenfalls hat er sich von da an und bis zu seinem Tode mir gegenüber so distanziert verhalten, als wäre ich ein Fremder.

Mein Vater erhielt, da er sich geweigert hatte anzugeben, woher er die Sonde hatte, das Höchstmaß der Strafe: fünf Jahre. Man behielt ihn allerdings nur drei Jahre im Gefängnis, wo er im letzten Jahr als Bibliothekar arbeitete.

Dieser Mann also war es, den Du in Vésinet kennengelernt hast und den Du mit einer Miene betrachtet hast, in der ich bisweilen einen gewissen Widerwillen zu erkennen glaubte. Und deshalb, mein Sohn, habe ich an dem Morgen, an dem wir beide an seinem Sarg standen, beschlossen, Dir alles zu sagen.

In welchem Alter wirst Du diese Zeilen lesen? Vermutlich warst Du gerade auf einer anderen Beerdigung, auf der meinen, vielleicht mit Deinen Kindern an Deiner Seite...

Ich habe allen viel zugemutet. Zuletzt möchte ich nur sagen: Wir folgten dem Gebot der Reinheit.

Wir waren rein, Maud und ich.

Und mein Vater, der unsere Liebe miterlebte, war der reinste von uns dreien.

Wohl deswegen hat er am teuersten dafür bezahlt.

Denk nicht mehr daran. Es ist vorbei. Es ist bereits eine alte vergessene Geschichte, selbst in La Rochelle.

Was immer Du heute bist, ich sage Dir ein letztes Mal, sanft und leise:

»Gute Nacht, mein Sohn!«

Golden Gate, Cannes, 28. Dezember 1956

Georges Simenon
im Diogenes Verlag

● **Romane**

Brief an meinen Richter
Roman. Aus dem Französischen von Hansjürgen Wille und Barbara Klau. detebe 20371

Der Schnee war schmutzig
Roman. Deutsch von Willi A. Koch
detebe 20372

Die grünen Fensterläden
Roman. Deutsch von Alfred Günther
detebe 20373

Im Falle eines Unfalls
Roman. Deutsch von Hansjürgen Wille und Barbara Klau. detebe 20374

Sonntag
Roman. Deutsch von Hansjürgen Wille und Barbara Klau. detebe 20375

Bellas Tod
Roman. Deutsch von Elisabeth Serelmann-Küchler. detebe 20376

Der Mann mit dem kleinen Hund
Roman. Deutsch von Stefanie Weiss
detebe 20377

Drei Zimmer in Manhattan
Roman. Deutsch von Linde Birk
detebe 20378

Die Großmutter
Roman. Deutsch von Linde Birk
detebe 20379

Der kleine Mann von Archangelsk
Roman. Deutsch von Alfred Kuoni
detebe 20584

Der große Bob
Roman. Deutsch von Linde Birk
detebe 20585

Die Wahrheit über Bébé Donge
Roman. Deutsch von Renate Nickel

Tropenkoller
Roman. Deutsch von Annerose Melter
detebe 20673

Ankunft Allerheiligen
Roman. Deutsch von Eugen Helmlé
detebe 20674

Der Präsident
Roman. Deutsch von Renate Nickel
detebe 20675

Der kleine Heilige
Roman. Deutsch von Trude Fein
detebe 20676

Der Outlaw
Roman. Deutsch von Liselotte Julius
detebe 20677

Die Glocken von Bicêtre
Roman. Neu übersetzt von Angela von Hagen. detebe 20678

Der Verdächtige
Roman. Deutsch von Eugen Helmlé
detebe 20679

Die Verlobung des Monsieur Hire
Roman. Deutsch von Linde Birk
detebe 20681

Der Mörder
Roman. Deutsch von Lothar Baier
detebe 20682

Die Zeugen
Roman. Deutsch von Anneliese Botond
detebe 20683

Die Komplizen
Roman. Deutsch von Stefanie Weiss
detebe 20684

Der Ausbrecher
Roman. Deutsch von Erika Tophoven-Schöningh. detebe 20686

Wellenschlag
Roman. Deutsch von Eugen Helmlé
detebe 20687

Der Mann aus London
Roman. Deutsch von Stefanie Weiss
detebe 20813

Die Überlebenden der Télémaque
Roman. Deutsch von Hainer Kober
detebe 20814

Der Mann, der den Zügen nachsah
Roman. Deutsch von Walter Schürenberg
detebe 20815

Zum Weißen Roß
Roman. Deutsch von Trude Fein
detebe 20986

Der Tod des Auguste Mature
Roman. Deutsch von Anneliese Botond
detebe 20987

Die Fantome des Hutmachers
Roman. Deutsch von Eugen Helmlé
detebe 21001

Die Witwe Couderc
Roman. Deutsch von Hanns Grössel
detebe 21002

Schlußlichter
Roman. Deutsch von Stefanie Weiss
detebe 21010

Die schwarze Kugel
Roman. Deutsch von Renate Nickel
detebe 21011

Die Brüder Rico
Roman. Deutsch von Angela von Hagen
detebe 21020

Antoine und Julie
Roman. Deutsch von Eugen Helmlé
detebe 21047

Betty
Roman. Deutsch von Raymond Regh
detebe 21057

Die Tür
Roman. Deutsch von Linde Birk
detebe 21114

Der Neger
Roman. Deutsch von Linde Birk
detebe 21118

Das blaue Zimmer
Roman. Deutsch von Angela von Hagen
detebe 21121

Es gibt noch Haselnußsträucher
Roman. Deutsch von Angela von Hagen
detebe 21192

Der Bürgermeister von Furnes
Roman. Deutsch von Hanns Grössel
detebe 21209

Der Untermieter
Roman. Deutsch von Ralph Eue
detebe 21255

Das Testament Donadieu
Roman. Deutsch von Eugen Helmlé
detebe 21256

Die Leute gegenüber
Roman. Deutsch von Hans-Joachim Hartstein. detebe 21273

Weder ein noch aus
Roman. Deutsch von Elfriede Riegler
detebe 21304

Auf großer Fahrt
Roman. Deutsch von Angela von Hagen
detebe 21327

Der Bericht des Polizisten
Roman. Deutsch von Markus Jakob
detebe 21328

Die Zeit mit Anaïs
Roman. Deutsch von Ursula Vogel
detebe 21329

Der Passagier der Polarlys
Roman. Deutsch von Stefanie Weiss
detebe 21377

Die Katze
Roman. Deutsch von Angela von Hagen
detebe 21378

Die Schwarze von Panama
Roman. Deutsch von Ursula Vogel
detebe 21424

Das Gasthaus im Elsaß
Roman. Deutsch von Angela von Hagen
detebe 21425

Das Haus am Kanal
Roman. Deutsch von Ursula Vogel
detebe 21426

Der Zug
Roman. Deutsch von Trude Fein. detebe 21480

Striptease
Roman. Deutsch von Angela von Hagen
detebe 21481

45° im Schatten
Roman. Deutsch von Angela von Hagen
detebe 21482

Die Eisentreppe
Roman. Deutsch von Angela von Hagen
detebe 21557

Das Fenster der Rouets
Roman. Deutsch von Stefanie Weiss
detebe 21558

Die bösen Schwestern von Concarneau
Roman. Deutsch von Ingrid Altrichter
detebe 21559

Der Sohn Cardinaud
Roman. Deutsch von Linde Birk
detebe 21598

Der Zug aus Venedig
Roman. Deutsch von Liselotte Julius
detebe 21617

Weißer Mann mit Brille
Roman. Deutsch von Ursula Vogel
detebe 21635

Der Bananentourist
Roman. Deutsch von Barbara Heller
detebe 21679

Monsieur La Souris
Roman. Deutsch von Renate Heimbucher-Bengs. detebe 21681

Der Teddybär
Roman. Deutsch von Ingrid Altrichter
detebe 21682

Die Marie vom Hafen
Roman. Deutsch von Ursula Vogel
detebe 21683

Der reiche Mann
Roman. Deutsch von Stefanie Weiss
detebe 21753

»... die da dürstet«
Roman. Deutsch von Irène Kuhn
detebe 21773

Vor Gericht
Roman. Deutsch von Linde Birk. detebe 21786

Der Umzug
Roman. Deutsch von Barbara Heller
detebe 21797

Der fremde Vetter
Roman. Deutsch von Stefanie Weiss
detebe 21798

Das Begräbnis des Monsieur Bouvet
Roman. Deutsch von H.J. Solbrig
detebe 21799

Die schielende Marie
Roman. Deutsch von Eugen Helmlé
detebe 21800

Die Pitards
Roman. Deutsch von Ingrid Altrichter
detebe 21857

Das Gefängnis
Roman. Deutsch von Michael Mosblech
detebe 21858

Malétras zieht Bilanz
Roman. Deutsch von Irmgard Perfahl
detebe 21893

Das Haus am Quai Notre-Dame
Roman. Deutsch von Eugen Helmlé
detebe 21894

Der Neue
Roman. Deutsch von Ingrid Altrichter
detebe 21895

Die Erbschleicher
Roman. Deutsch von Renate Heimbucher-Bengs. detebe 21938

Die Selbstmörder
Roman. Deutsch von Linde Birk. detebe 21939

Tante Jeanne
Roman. Deutsch von Inge Giese. detebe 21940

Der Rückfall
Roman. Deutsch von Ursula Vogel
detebe 21941

Am Maultierpaß
Roman. Deutsch von Michael Mosblech
detebe 21942

Der Glaskäfig
Roman. Deutsch von Stefanie Weiss
detebe 22403

Das Schicksal der Malous
Roman. Deutsch von Günter Seib
detebe 22404

Der Uhrmacher von Everton
Roman. Deutsch von Ursula Vogel
detebe 22405

Das zweite Leben
Roman. Deutsch von Ingrid Altrichter
detebe 22406

Der Erpresser
Roman. Deutsch von Linde Birk
detebe 22407

Die Flucht des Monsieur Monde
Roman. Deutsch von Barbara Heller
detebe 22408

Der ältere Bruder
Roman. Deutsch von Ingrid Altrichter
detebe 22454

Doktor Bergelon
Roman. Deutsch von Günter Seib
detebe 22455

*Die letzten Tage eines
armen Mannes*
Roman. Deutsch von Michael Mosblech
detebe 22456

Sackgasse
Roman. Deutsch von Stefanie Weiss und
Richard K. Flesch. detebe 22457

Die Flucht der Flamen
Roman. Deutsch von Barbara Heller
detebe 22458

Die verschwundene Tochter
Roman. Deutsch von Renate Heimbucher
detebe 22459

Fremd im eigenen Haus
Roman. Deutsch von Gerda Scheffel
detebe 22473

Das Haus der sieben Mädchen
Roman. Deutsch von Helmut Kossodo
detebe 22501

Der Amateur
Roman. Deutsch von Helmut Kossodo
detebe 22502

Das Unheil
Roman. Deutsch von Josef Winiger
detebe 22503

Die verlorene Stute
Roman. Deutsch von Helmut Kossodo
detebe 22504

Der Witwer
Roman. Deutsch von Linde Birk
detebe 22505

Der Stammgast
Roman. Deutsch von Josef Winiger
detebe 22506

Die Beichte
Roman. Deutsch von Michael Mosblech
detebe 22554

Hochzeit in Poitiers
Roman. Deutsch von Ingrid Altrichter
detebe 22555

Der Schwager
Roman. Deutsch von Renate Heimbucher
detebe 22556

Schwarzer Regen
Roman. Deutsch von Stefanie Weiss und
Richard K. Flesch. detebe 22557

Das ungesühnte Verbrechen
Roman. Deutsch von Renate Heimbucher
detebe 22558

*Sieben Kreuzchen in einem
Notizbuch*
Zwei Weihnachtsgeschichten. Deutsch von
Michael Mosblech. detebe 22559

Manuela
Roman. Deutsch von Linde Birk. detebe 22608

Die Ferien des Monsieur Mahé
Roman. Deutsch von Günter Seib
detebe 22609

Der verlorene Sohn
Roman. Deutsch von Angela Glas
detebe 22610

● **Maigret-Romane
und -Erzählungen**

Weihnachten mit Maigret
Zwei Romane und eine Erzählung: Maigret
und der Weinhändler / Weihnachten mit
Maigret / Maigret hat Skrupel. Deutsch von
Hainer Kober, Hans-Joachim Hartstein und
Ingrid Altrichter. Leinen

Maigrets erste Untersuchung
Roman. Deutsch von Roswitha Plancherel
detebe 20501

Maigret und Pietr der Lette
Roman. Deutsch von Wolfram Schäfer
detebe 20502

Maigret und die alte Dame
Roman. Deutsch von Renate Nickel
detebe 20503

Maigret und der Mann auf der Bank
Roman. Deutsch von Annerose Melter
detebe 20504

Maigret und der Minister
Roman. Deutsch von Annerose Melter
detebe 20505

Mein Freund Maigret
Roman. Deutsch von Annerose Melter
detebe 20506

Maigrets Memoiren
Roman. Deutsch von Roswitha Plancherel
detebe 20507

Maigret und die junge Tote
Roman. Deutsch von Raymond Regh
detebe 20508

Maigret amüsiert sich
Roman. Deutsch von Renate Nickel
detebe 20509

Hier irrt Maigret
Roman. Deutsch von Elfriede Riegler
detebe 20690

Maigret und der gelbe Hund
Roman. Deutsch von Raymond Regh
detebe 20691

Maigret vor dem Schwurgericht
Roman. Deutsch von Wolfram Schäfer
detebe 20692

Maigret als möblierter Herr
Roman. Deutsch von Wolfram Schäfer
detebe 20693

Madame Maigrets Freundin
Roman. Deutsch von Roswitha Plancherel
detebe 20713

Maigret kämpft um den Kopf eines Mannes
Roman. Deutsch von Roswitha Plancherel
detebe 20714

Maigret und die kopflose Leiche
Roman. Deutsch von Wolfram Schäfer
detebe 20715

Maigret und die widerspenstigen Zeugen
Roman. Deutsch von Wolfram Schäfer
detebe 20716

Maigret am Treffen der Neufundlandfahrer
Roman. Deutsch von Annerose Melter
detebe 20717

Maigret bei den Flamen
Roman. Deutsch von Claus Sprick
detebe 20718

Maigret und das Schattenspiel
Roman. Deutsch von Claus Sprick
detebe 20734

Maigret und die Keller des Majestic
Roman. Deutsch von Linde Birk
detebe 20735

Maigret contra Picpus
Roman. Deutsch von Hainer Kober
detebe 20736

Maigret läßt sich Zeit
Roman. Deutsch von Sibylle Powell
detebe 20755

Maigrets Geständnis
Roman. Deutsch von Roswitha Plancherel
detebe 20756

Maigret zögert
Roman. Deutsch von Annerose Melter
detebe 20757

Maigret und die Bohnenstange
Roman. Deutsch von Guy Montag
detebe 20808

Maigret und das Verbrechen in Holland
Roman. Deutsch von Renate Nickel
detebe 20809

Maigret und sein Toter
Roman. Deutsch von Elfriede Riegler
detebe 20810

Maigret, Lognon und die Gangster
Roman. Deutsch von Wolfram Schäfer
detebe 20812

*Maigret und der Gehängte von
Saint-Pholien*
Roman. Deutsch von Sibylle Powell
detebe 20816

*Maigret und der verstorbene
Monsieur Gallet*
Roman. Deutsch von Roswitha Plancherel
detebe 20817

*Maigret und der Treidler
der ›Providence‹*
Roman. Deutsch von Claus Sprick
detebe 21029

Maigrets Nacht an der Kreuzung
Roman. Deutsch von Annerose Melter
detebe 21050

Maigret hat Angst
Roman. Deutsch von Elfriede Riegler
detebe 21062

Maigret gerät in Wut
Roman. Deutsch von Wolfram Schäfer
detebe 21113

Maigret verteidigt sich
Roman. Deutsch von Wolfram Schäfer
detebe 21117

Maigret erlebt eine Niederlage
Roman. Deutsch von Elfriede Riegler
detebe 21120

*Maigret und der geheimnisvolle
Kapitän*
Roman. Deutsch von Annerose Melter
detebe 21180

Maigret und die alten Leute
Roman. Deutsch von Annerose Melter
detebe 21200

Maigret und das Dienstmädchen
Roman. Deutsch von Hainer Kober
detebe 21220

Maigret im Haus des Richters
Roman. Deutsch von Liselotte Julius
detebe 21238

Maigret und der Fall Nahour
Roman. Deutsch von Sibylle Powell
detebe 21250

Maigret und der Samstagsklient
Roman. Deutsch von Angelika Hildebrandt-
Essig. detebe 21295

Maigret in New York
Roman. Deutsch von Bernhard Jolles
detebe 21308

Sechs neue Fälle für Maigret
Erzählungen. Deutsch von Elfriede Riegler
detebe 21375

Maigret in der Liberty Bar
Roman. Deutsch von Angela von Hagen
detebe 21376

Maigret und der Spion
Roman. Deutsch von Hainer Kober
detebe 21427

*Maigret und die kleine
Landkneipe*
Roman. Deutsch von Bernhard Jolles und
Heide Bideau. detebe 21428

*Maigret und der Verrückte
von Bergerac*
Roman. Deutsch von Hainer Kober
detebe 21429

*Maigret, die Tänzerin
und die Gräfin*
Roman. Deutsch von Hainer Kober
detebe 21484

Maigret macht Ferien
Roman. Deutsch von Markus Jakob
detebe 21485

*Maigret und der hartnäckigste
Gast der Welt*
Sechs Fälle für Maigret. Deutsch von Linde
Birk und Ingrid Altrichter. detebe 21486

Maigret verliert eine Verehrerin
Roman. Deutsch von Ingrid Altrichter
detebe 21521

Maigret in Nöten
Roman. Deutsch von Markus Jakob
detebe 21522

Maigret und sein Rivale
Roman. Deutsch von Ingrid Altrichter
detebe 21523

*Maigret und die schrecklichen
Kinder*
Roman. Deutsch von Paul Celan
detebe 21574

Maigret und sein Jugendfreund
Roman. Deutsch von Markus Jakob
detebe 21575

Maigret und sein Revolver
Roman. Deutsch von Ingrid Altrichter
detebe 21576

Maigret auf Reisen
Roman. Deutsch von Ingrid Altrichter
detebe 21593

Maigret und die braven Leute
Roman. Deutsch von Ingrid Altrichter
detebe 21615

Maigret und der faule Dieb
Roman. Deutsch von Stefanie Weiss
detebe 21629

Maigret und die verrückte Witwe
Roman. Deutsch von Michael Mosblech
detebe 21680

Maigret und sein Neffe
Roman. Deutsch von Ingrid Altrichter
detebe 21684

Maigret und Stan der Killer
Vier Fälle für Maigret. Deutsch von Inge Giese
und Eva Schönfeld. detebe 21741

Maigret und das Gespenst
Roman. Deutsch von Barbara Heller
detebe 21760

Maigret in Kur
Roman. Deutsch von Irène Kuhn
detebe 21770

Madame Maigrets Liebhaber
Vier Fälle für Maigret. Deutsch von Ingrid
Altrichter, Inge Giese und Josef Winiger
detebe 21791

Maigret und der Clochard
Roman. Deutsch von Josef Winiger
detebe 21801

Maigret und Monsieur Charles
Roman. Deutsch von Renate Heimbucher-
Bengs. detebe 21802

Maigret und der Spitzel
Roman. Deutsch von Inge Giese. detebe 21803

Maigret und der einsame Mann
Roman. Deutsch von Ursula Vogel
detebe 21804

Maigret und der Messerstecher
Roman. Deutsch von Josef Winiger
detebe 21805

Maigret hat Skrupel
Roman. Deutsch von Ingrid Altrichter
detebe 21806

Maigret in Künstlerkreisen
Roman. Deutsch von Ursula Vogel
detebe 21871

Maigret und der Weinhändler
Roman. Deutsch von Hainer Kober
detebe 21872

Maigret in Arizona
Roman. Deutsch von Wolfram Schäfer
detebe 22474

● **Erzählungen**
Der kleine Doktor
Erzählungen. Deutsch von Hansjürgen Wille
und Barbara Klau. detebe 21025

Emil und sein Schiff
Erzählungen. Deutsch von Angela von
Hagen. detebe 21318

Die schwanzlosen Schweinchen
Erzählungen. Deutsch von Linde Birk
detebe 21284

Exotische Novellen
Deutsch von Annerose Melter. detebe 21285

Meistererzählungen
Deutsch von Wolfram Schäfer u.a.
detebe 21620

Die beiden Alten in Cherbourg
Erzählungen. Deutsch von Inge Giese und
Reinhard Tiffert. detebe 21943

● **Reportagen**
Die Pfeife Kleopatras
Reportagen aus aller Welt. Deutsch von Guy
Montag. detebe 21223

Zahltag in einer Bank
Reportagen aus Frankreich. Deutsch von
Guy Montag. detebe 21224

● Biographisches
Intime Memoiren und Das Buch von Marie-Jo
Aus dem Französischen von Hans-Joachim Hartstein, Claus Sprick, Guy Montag und Linde Birk. detebe 21216

Stammbaum
Pedigree. Autobiographischer Roman
Deutsch von Hans-Joachim Hartstein
detebe 21217

Simenon auf der Couch
Fünf Ärzte verhören den Autor sieben Stunden lang. Deutsch von Irène Kuhn
Mit einer Bibliographie und Filmographie und 43 Abbildungen. detebe 21658

Außerdem liegen vor:

Stanley G. Eskin
Simenon
Eine Biographie. Mit zahlreichen bisher unveröffentlichten Fotos, Lebenschronik, Bibliographie, ausführlicher Filmographie, Anmerkungen, Namen- und Werkregister. Aus dem Amerikanischen von Michael Mosblech
Leinen

Über Simenon
Zeugnisse und Essays von Patricia Highsmith bis Alfred Andersch. Mit einem Interview, mit Chronik und Bibliographie. Herausgegeben von Claudia Schmölders und Christian Strich. detebe 20499